我們一邊喝著茶，
一邊坐在冷氣房裡的榻榻米上
滾來滾去地消磨時間。
而現在，我們坐在外廊上晃著雙腳，
坐在一起享用著冰棒。
就像是一對年輕男女。
庭院裡能聽見蟬嘈雜的鳴叫聲。

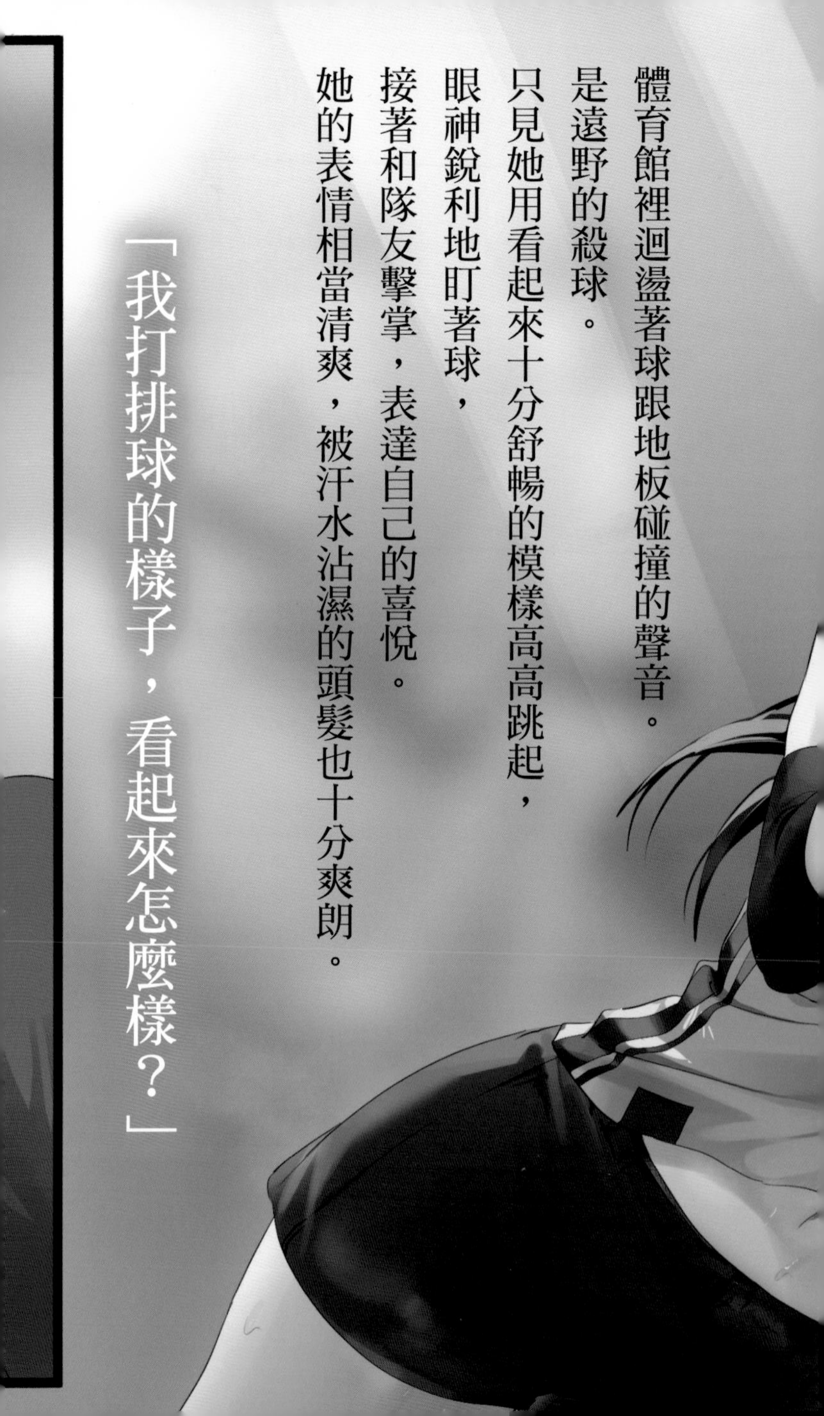

體育館裡迴盪著球跟地板碰撞的聲音。
是遠野的殺球。
只見她用看起來十分舒暢的模樣高高跳起，
眼神銳利地盯著球，
接著和隊友擊掌，表達自己的喜悅。
她的表情相當清爽，被汗水沾濕的頭髮也十分爽朗。

「我打排球的樣子，看起來怎麼樣？」

「總覺得很不可思議，畢竟桐島就在我家嘛，
就好像進入了回憶裡一樣。」

我當備胎女友也沒關係。

5

volume five

Kadokawa Fantastic Novels

序章

大學二年級的四月。

「喂，桐島，快想點辦法！」

觀眾發出了噓聲。

他們正在道路中央擺著桌椅打著麻將。這是在沒有車輛經過，禁止通行的私人道路上所發生的事情。

「我們既不受歡迎又沒有錢，房間也沒有空調和洗衣機，有的只剩翹課熬夜磨練出來的麻將技巧。如果連麻將都打輸，價值都連魷魚都比不上了！」

私人道路的兩側有著兩棟建築物。

一棟是廉價公寓「山女莊」，另一棟是普通的大樓「北白川櫻華廈」。

我作為山女莊的代表，跟住在隔壁的福田一起參加了麻將比賽。

對手是櫻華廈的兩名男代表。

是傳統的京都東山頂峰決戰。

沒人知道這究竟有多少傳統，以及哪裡算是頂峰。

無論如何，在這場每年四月舉行的麻將比賽中，輸掉那一方的住戶在接下來的一年裡將會負責打掃這條私人道路。

「桐島，點棒愈來愈少了耶！」「不想輸啊！」「快想點辦法！」

觀眾發出了熱情的聲援。

我就讀的是一所樸素，男性比例很高的大學。而我住的山女莊擠滿了同一所大學的學生，房客的男性比例達到了百分之百。

另一方面，住在櫻華廈的學生就讀的是好像會被當成電視劇或電影舞台，風評優良的大學。不僅男女比例健全，外觀也很漂亮。同時房間裡也有裝空調。

也就是說，這場麻將比賽呈現的是大學之間的代理戰爭。

更何況這些過著窮酸大學生活的山女莊居民，還單方面地對過著燦爛大學生活的櫻華廈居民們燃起了對抗意識，想著至少打麻將不能輸給他們。但是——

「差不多分出勝負了吧，還要繼續打下去嗎？」

坐在對面的櫻華廈男房客這麼說。他的頭髮燙捲，看起來非常時髦。

我朝同伴福田看了一眼，他像是在說「努力到最後一刻吧」似的露出了笑容。福田是個有點發福，表情和善的人。頭髮是自然捲，光看捲髮的程度甚至跟對方不相上下。

「要打，我們還有勝算。」

抱著一口氣逆轉的想法，我採用的是胡牌機率很低，但能夠做出大牌的方式摸牌。

用這種像是典型失敗者的打法實在丟人。

「啊，對了。」

對手男生朝著自己身後，替櫻華夏聲援的觀眾們的方向說：

「要是我贏了，就一起去吃飯吧。」

在他的視線前方，有個明顯引人注目的美麗女孩。

宮前栞。

她和這個男生一樣，都是櫻華夏的居民。

「畢竟我為了櫻華夏這麼努力嘛。」

「可以啊。」

宮前同學雙手抱胸，語氣輕鬆地這麼說著。就在這時，觀眾裡的某個女孩子這麼對宮前同學說道：

「既然這樣，要是山女莊的人贏了，妳就跟他們去吃飯吧，當作獎賞嘛。」

聽見這句話，宮前同學看著我瞇起眼睛。

我能理解她的心情。畢竟我正穿著高木屐披著簡便和服。這是我的便服，山女莊的居民充滿了這樣的人。

「算了，也行……反正感覺快輸了……」

宮前同學冷淡地答應了。

得知能和那個宮前約會，櫻華夏的觀眾們鼓譟了起來。

但就在這時候，山女莊的居民們說著「給我等一下！」提出異議。

「我們幾乎沒有跟女性一起吃過飯！說是幾乎，其實也只是在逞強，其實除了家人之外就沒有了！」

「沒錯！所以突然就跟宮前同學約會，難度太高了！」

宮前同學是個時尚的女孩子。不僅頭髮染得很漂亮、還用變色片改變了瞳孔顏色，身材也十分曼妙，簡直無懈可擊。

平時經常能見到她被各式各樣的男人開車接送，因此不難想像她在跟許多優秀男人的相處中累積了許多經驗。這樣一來，要是山女莊那些無趣的男人們與她共進晚餐，一定會被拿來跟那些耀眼的男人比較，並令她感到失望。這就是山女莊居民們那沒用的腦袋推導出的結論。

「還是會讓人覺得有機會的女孩比較好！」

「也讓我們有希望！得到有女孩子同在的大學生活吧！」

「把好追的女孩子交出來！」

真是一群失禮至極的居民。

宮前同學傻眼地開了口。

「那你們覺得誰比較好？」

聽見這個問題，山女莊那些粗魯的傢伙們異口同聲地說著：

「遠野同學比較好！」

因為突然被點名，櫻華廈的觀眾群裡傳出了驚訝的聲音。

「是、是、是、是、是我？」

遠野晶。

是個參加排球社這個體育系社團，身材高䠷的女孩子。她將黑色的長髮綁成馬尾，身上披著外套，經常沿著哲學之道慢跑。而說起她最大的特色——

「小、小栞，該、該、該、該、該怎麼辦啊～」

她這麼說著，並試圖縮起她高大的身體躲進宮前同學的背後。當然，這是不可能的。

「挺好的不是嗎？」

宮前同學乾脆地說著。

「遠野順便把這個習慣改掉吧？」

「可、可是～」

遠野同學的眼神飄忽不定。她國、高中的時候似乎是讀女校，因此不習慣應付男孩子。每次早上在公寓前碰面，她總是拋下一句「早、早安」就匆匆離開了。

「原來如此，是覺得如果對象是不習慣男人的遠野，或許會發生什麼也說不定嗎。」

宮前同學用冰冷的視線看著山女莊的居民們。

「她可沒那麼天真。」

純情的山女莊居民們露出像是在說「咦？是這樣嗎？」的表情。

總而言之，在事情發展下，這場麻將對決追加了和遠野同學及宮前同學一起吃飯的權利作為比賽的附贈獎品。

能夠男女一起用餐的機會，在我們的大學是很罕見的。

「事情就是這樣。桐島、福田，我們一定要贏。畢竟我們都喜歡遠野同學，而且也希望能夠泡到宮前同學。」

觀眾們說著這種話。

巨大的責任壓在了身穿簡便和服的我肩膀上。

雖然我認為情況非常不利，不對、應該說已經無計可施了。但要是輸掉的話，我很明顯會遭到那些近在眼前的青春被人奪走的山女莊的居民們怨恨，所以只能上了。

我和福田用眼神交流著。

在二對二的麻將比賽中，兩人的交流是很重要的。

不過——

『（福田，以你的頭腦，應該很清楚我想要什麼牌吧？）』

『（好厲害喔，桐島。我們或許能跟女孩子一起吃飯耶？）』

『（我在等「發」，如果有就丟出來。）』

『（要說什麼才好呢？還是別拿線性代數當話題比較好吧？）』

『（福田，打「發」！）』

『（完全不知道該挑什麼店才好耶～怎麼辦～）』

不行了，絲毫沒有能贏的感覺。

另一方面，代表櫻華廈的兩人充分發揮了在男女混合的美好校園生活中培養出來的溝通能力，採用華麗的組合打法，進一步奪走了我們的點棒。

目前完全是失敗的走勢，身後的觀眾們開始發出哀怨的呻吟聲。

但是，在最後的最後，輪到我當莊家的時候。

不知道是神明的惡作劇，還是命運的齒輪轉動了起來——

手牌從一開始就湊齊了。

天胡——役滿的牌。這是跟實力和脈絡毫無關聯，奇蹟似的一口氣逆轉。

「好耶，成功了，桐島！」

體型豐滿的福田跳了起來。

嗯，偶爾遇到這種事也不錯，我這麼想著。能見到同樣住在窮酸公寓的同學們開心的表情也不壞。而正當我沉浸在他們的歡呼聲中時——

「你就是桐島司郎吧？」

宮前同學前來向我搭話。

「聽說你麻將打得最爛。」

「沒錯。自從學會之後，我幾乎沒有贏過的印象。」

「那麼，為什麼今天就贏了呢？」

宮前同學用彷彿看透了什麼的目光盯著我說。

「難不成，你喜歡遠野？」

正是如此。

至今我所打的麻將全都是刻意輸的。而為了能跟遠野打好關係，這次我使出了全力。希望跟遠野的感情能以此為契機變好，我們兩人分別住在相隔一條路的建築物裡，用羅密歐與茱麗葉的方式談戀愛。

完全沒這回事就是了。

第1話　遠野與宮前

那是在春天剛過，開始感覺到初夏徵兆的某個傍晚發生的事。

騎著腳踏車去河邊釣完魚後回來，就看到大道寺學長正坐在公寓前的椅子上看書。大道寺學長是個類似山女莊主人的男人，是名研究生。雖然不清楚他平時都在做些什麼，但依照本人的說法，似乎是在進行宇宙相關的研究。

「是香魚啊，有好好處理嗎？」

「有仔細用冰水處理過。」

「嗯，畢竟味道會完全不同。我們就是生活在這種宇宙中。」

大道寺學長在路上放置三角架插進鐵板，接著將木炭和乾枯的雜草放進去，動作熟練地生起了火。

我從裝有冰水的保冷箱裡拿出香魚用木籤串好，放在炭火上烤了起來。

這時候，睡眼惺忪的福田從公寓裡走了出來。

「還是老樣子在搞這個呢。」

「畢竟沒錢就只能釣魚嘍。」

「我也可以吃嗎？」

「那當然。」

我家雖然手頭不算緊，但也沒有寬裕到能提供我足夠的生活費，因此我必須節省獨自生活的開銷。山女莊的居民們很了解這方面的知識。

當我大一肚子餓的時候，大道寺學長淡然地遞給了我一根釣竿。到了大二，我已經非常熟悉釣魚和處理的技巧，會像這樣做出類似自給自足的行為。

「感覺挺不錯的呢。」

大道寺學長注視著香魚說。

魚身出現焦痕，道路上開始瀰漫撲鼻的香氣。

就在這個時候。

對面櫻華廈四樓的房門打開，一名女孩探出頭來。緊接著房門關上，女孩衝下逃生樓梯來到了我們身邊。

「我、我也可以加入嗎？」

是遠野。

她右手拿著筷子，左手拿著裝有許多白飯的碗，腋下夾著柚子醋。

「想吃多少都沒關係喔。」

我將手上的香魚串遞給遠野。

遠野在炭火前蹲下，淋上柚子醋配白飯吃了起來。見我盯著她看，遠野像是漫畫角色般看著自己裝有白飯的碗，害羞地說著「因為在排球社做了很多練習……」並縮起身子。但即使擺出拘謹的態度，她依然一口接一口地享用著剛烤好的香魚。

此時有人開車把宮前從其他地方送回這裡。雖然我變得能夠分辨從河川釣到的魚，但對於車輛品牌一無所知。不過，還是能明顯看出那輛車很有品味，而且坐在車上那個看似大學生的男人相當精明。

宮前似乎非常受歡迎。

光是這兩週內，我就見到了六個「有品味的大學生」將宮前送回櫻華廈的光景。

「小栞、小栞。」

遠野對宮前招著手。

「遠野，妳又被食物釣到啦？」

宮前這麼說著。

「總之先坐下吧，我們是活在相同宇宙的。」

大道寺學長遞出了一張飽經風霜的椅子，不過宮前並未加以理會，直接返回自己在櫻華廈的房間——原以為是這樣，但她卻端著裝有切好的洋蔥和胡蘿蔔等蔬菜的盤子走了回來。

「既然要餵食遠野的話，也該讓她好好吃點蔬菜吧？」

雖然這麼說，但宮前端來的蔬菜也包含了我們的份。於是平時只能吃在壁櫥裡栽培的豆芽菜以及神祕蘑菇的我們為了尋求維他命和膳食纖維，大快朵頤了起來。

這是在初夏傍晚十分常見的用餐光景。

最近，遠野和宮前，我和福田，還有大道寺學長五個人經常聚在一起。

契機是那場麻將比賽。

得到和遠野及宮前兩人一起用餐的權利後，山女莊的所有居民雖然都想參加，但由於沒人知道適合和女孩子一起去的店家，結果變成和包含兩人在內的櫻華廈的其他居民一起去鴨川的河岸邊賞花。

在那之後約兩個月的時間裡，我們漸漸開始聊天，最終變成了這樣。

「我很開心喔。」

福田仰望著天空這麼說。

天色在享用香魚和蔬菜的途中暗了下來，變成了美麗的星空。

「上了大學，還交到朋友。」

我閉上眼睛，聽著他有些令人難為情的話語。

「我也滿喜歡這樣的。」

宮前用樹枝戳著木炭這麼開口。

「畢竟很輕鬆。」

就在這個時候。

「咕————」的可愛聲音從遠野的方向傳來。

「不對，不是我。」

遠野低著頭，舉起一隻手這麼說著。她有著隱瞞自己「晶」這個有些男孩子氣的名字、身高很高，以及自己是個貪吃鬼這些事的傾向。

我拿出保冷箱裡剩下的香魚串起來。

「桐島同學，那些是冰起來當作今後食材的份吧？」

「沒關係啦，遠野妳還沒吃飽吧？」

把追加的香魚烤好之後，遠野沮喪地說著「嗚嗚，對不起……」並吃了起來。她享用著食物，很快就露出了笑容。

「遠野，妳是不是有什麼煩惱？」

大道寺學長說著。

「最近妳好像特別在意這種事。」

他說得沒錯。

遠野基本上非常熱愛跑步，平時總是穿著運動風格的服裝，不怎麼拘泥於女孩子風格的打扮。但是最近她縮起身子，或是在拿著裝滿白飯的碗時感到害羞的頻率增加了。

「有什麼問題的話我可以幫忙。」

「其實……」遠野滿臉通紅，欲言又止地開了口：

「我必須去對一個男生表達自己的心意。」

據說之後有場遠野也會參加的排球全國大賽。因為是比賽，男子隊伍也會在同樣的日期從各地聚集到這裡。

「因為我跟他很少接觸，如果到時候不傳達自己的心意，就沒有機會了。」

「可是——」遠野露出失落的模樣。

「我果然還是不知道該怎麼面對男人。總覺得當天會非常緊張，什麼話都說不出來……不過，這是我從高中開始就非常重視的心情……實在很想告訴他……」

「我們幾個姑且也算是男人耶……」

大道寺學長一邊這麼說，一邊看著我們。

「既然如此，為了讓小遠野能夠告白成功，我們也來幫忙吧。如果鼓不起勇氣，要我們去比賽會場也沒問題。這可是要替遠野晶聲援，沒什麼好客氣的。我們可是一起吃過香魚，生活在相同香魚宇宙的同伴。」

「香魚宇宙？」

宮前不解地偏著頭說。於是，在場的所有人決定要一起去會場替遠野的告白加油。

「大家，真的可以嗎？」

遠野這麼問著。

「這點小事當然可以。」

宮前說道。

「畢竟會擔心遠野妳嘛。」

「我也是，如果遠野同學不嫌棄的話。」

福田露出了溫柔的微笑。

「只要能幫到朋友，我願意做任何事。」

真是一句有福田風格的話。

而當然，我也點了點頭。

我獨自一人就讀京都的大學，家人和朋友都不在身邊，一直都孤零零的，現在卻能像這樣跟其他人聚在一起。毫不誇張地說，我高興得快要哭出來了。所以無論要送出明天的香魚，還是跟著前往排球大賽的現場，我都非常樂意。

然後我們沉默了一陣子。

這是一段能讓大家好好陷入沉思的安穩寂靜。

餘燼啪嚓啪嚓地發出聲響。

吹過的風裡已經開始混雜著夏天的氣息。

「這種夜晚一定會響起美妙的音樂吧。」

大道寺學長這麼說著。

我點了點頭，拿起揹在背上的胡弓。

胡弓是一種用弓來彈奏的弦樂器。實不相瞞，創立桐島京都風格——身穿簡便和服及高木屐彈奏胡弓的人就是我。

「那麼各位請聽，由桐島司郎創作的『東山三十六峰』！」

風啊，聆聽我靈魂的旋律吧。

我一邊想像著京都那被月光照亮的莊嚴群山，一邊讓胡弓的音色響徹夜空。

大道寺學長不停地點著頭。

遠野大口地享用著剩下的香魚。

宮前看似很睏地打了個呵欠。

福田則是開始收拾善後。

週末，我和宮前一起搭乘電車。那是個下過雨的午後，我們正一同前往遠野的排球比賽會場。不知為何，福田和大道寺學長比當事人遠野還要緊張，早一步搭乘首發電車前往了會場。

「宮前和遠野不同，就算跟男人在一起也很自在呢。」

我看著坐在身邊的宮前這麼說。

「畢竟我一直都讀男女合校。」

據說宮前是在大學的開學典禮上遇到遠野，之後才變成朋友的。她會將筆記借給光顧著練排球沒好好聽課的遠野，或是在遠野被男生搭話陷入混亂時讓她躲在自己背後。

「桐島才是，就算跟我獨處也不會緊張呢。」

宮前這麼說著。

確實，跟宮前這種長相標緻的女孩子獨處，大多數男生都會很緊張吧。

「難不成是習慣了嗎？」

「誰知道呢。」

「雖然一點都不重要就是了。」

有著纖細頭髮和漂亮額頭的宮前雖然光鮮亮麗，但側臉看來卻莫名憂鬱，有種很適合雨天的美感。

「不過遠野她沒問題吧？」

「我一點都不擔心。」

「畢竟她是個既樂觀又有活力的人嘛。」宮前這麼說著。

「而且練習過了對吧？」

「嗯。」

要向重視的人傳達自己的想法。自從那麼決定之後，遠野為了克服不擅長面對男人的缺點，開始和山女莊的男生們練習溝通。

像是跑到每天晚上都會打到很晚的昏暗麻將房間參觀，或是在吃飯時間以單手端著白飯來找人聊天。

感到困擾的反而是公寓的居民們。

或許是遠野就讀女子高中導致沒有戒心，她經常穿著讓人不知道該往哪看的打扮。

基本上都是短褲搭配T恤。而那些T恤不僅會因為身材和胸部的緣故顯得很緊，氣溫很熱的日子甚至還會只穿背心。

雖然遠野因為貪吃的緣故導致這點容易被忽略，但她其實是個標緻的美女。這種女孩子穿著暴露的服裝單獨出入男人的巢穴實在是非常不妙。不過，擦槍走火的可能性是連萬分之一都不到的。

這是因為軟弱的山女莊居民，光靠遠野一個人就能輕鬆制伏。

我們曾經在我房間裡舉辦過腕力比賽，當時遠野就像折斷樹枝般打敗了全部的男人，毫無懸念地贏得了冠軍。

『不、不是的。這是因為氣壓的影響！運氣好而已！』

可能是對自己力氣大感到害羞，遠野用手把臉遮了起來。

大道寺學長不停說著：『沒關係的，遠野很可愛！』安慰著她，對此感到不好意思的遠野說了句：『非、非常謝謝你，但不必說這種場面話的！』雙手將大道寺學長推了出去，只見學長在榻榻米上往後滾了兩圈，腦袋撞上牆壁，感覺整棟公寓都產生了搖晃。

遠野就像這樣在不知道是否有效的情況下和軟弱的男性們練習溝通，迎接比賽當天的到來。

今天早上在見到遠野揹著大型運動背包走出公寓時，我對她提出了如果會緊張，就不要跟對方對上眼、看著對方的胸口說話的建議。遠野對我擺出勝利手勢露出了笑容。

「對方是高中時在比賽上見到的全國男子排球選手之類的嗎？」

「我是這麼想的，畢竟遠野說過對方會參加校際比賽。」

宮前乾脆地說。

看來遠野是個比想像中更厲害的傢伙呢。

「話說回來，桐島你相當關心遠野呢。」

「不只是我，福田、大道寺學長，還有其他人也很關心。」

我想大概是遠野身上有著讓人忍不住想替她加油的某種特質吧。

「更何況不只是遠野，我是自己想替其他人做些什麼。」

「哼——」

宮前注視著我。

「不知道有多少是真的呢。」

「不，如果是會在沒人看見的地方把醉倒的男人送回房間，以及會偷偷將公寓垃圾收集區收拾好的宮前妳，應該能明白才對——」

話說到一半，宮前不開心地踩了我的腳。

「這種事情不必講出來。」

踩完之後，她盯著我的腳說道。

「為什麼今天沒穿木屐跟簡便和服？」

「是遠野跟我說，如果要來就穿普通的衣服。」

「真簡單就妥協了呢。」

「沒那回事。」

雖然起初我用「這就是我的風格」嘗試做出抵抗，但遠野卻舉起雙手用力握緊拳頭，擺出像熊在威嚇般的姿勢。她是個一旦遇到狀況就會訴諸武力，有點頑皮的女孩子。

「桐島，你為什麼會想穿成那樣？一年級的時候雖然品味很特殊，但還是穿著勉強算是一般的衣服吧？」

「勉強……這麼說來，宮前不是也挺關心我的嗎？」

「畢竟就住在對面，突然見到有人穿簡便和服任誰都會嚇一跳吧。」

「說起我為什麼會演變成現在的風格，就說來話長了。」

「那就算了，我也沒那麼感興趣。」

「我直到高中為止都在東京上學。」

「咦？我說了沒興趣耶？」

「說起流落到京都的我經歷了什麼……」

「自顧自說起來了。」

「也就是變得開始穿簡便和服，彈胡弓的理由——」

「耳機放到哪去了呢～」

「事情要追溯到大學一年級的四月——」

我對戴上耳機撥放音樂，甚至開始裝睡的宮前說了起來。

◇

從高中三年級四月到畢業為止的一整年，我腦中只有念書的記憶。我總是一邊聽著深夜廣播，一邊持續地閱讀參考書、做考古題。只要專注在學業上，就能忘記一切。

我在升學志願表上寫了東京的大學名稱，跟身邊的人也是這麼說的。

然後到了冬天，我沒有告知父母，向京都的大學寄出了申請書。其實我並非特別執著要去京都這個地方，只要是沒人認識我的地方，無論哪裡都可以。只不過京都有著許多大學，所以覺得自己應該能上其中一間而已。

於是我考上了京都的大學，在沒告知任何高中朋友的情況下，獨自一人在京都開始生活。

我大學一年級的生活是灰色的。

整天窩在窮酸的公寓房間裡數著天花板的汙漬，日復一日地用在毛筆上烙印的打工賺來的錢去打麻將輸個精光。

每當輸掉麻將時總覺得很痛快，有種自己受到懲罰，這樣下去總有一天會被原諒的感覺。

因為沒有錢，我只能在不沾味噌的情況下，用附近超市便宜販售的蒟蒻生魚片果腹，也開始在壁櫥裡種植豆芽菜，還會吃在房間角落長出來的奇怪蘑菇。

這種封閉生活的好處，就是我不會傷害到任何人。我想就這麼不給任何人添麻煩地生活下去。

到了冬天，我的身心都消瘦了許多。只要閉上眼睛，高中三年級的記憶就會浮現。當時我只顧著念書，刻意什麼都視而不見、充耳不聞。但是，當時的確有人在我背後指指點點說三道四，那些聲音仍然在我耳邊環繞著。

他們指責我的聲音仍不斷迴盪在黑暗中。

是你讓她們不幸的、真虧他還敢來學校耶、如果轉學的是那傢伙就好了。

想像中的他們進一步提出各種要求，說著如果那樣做，或是這樣做就好了。

我窩在棉被裡，持續跟不存在的對象交談著。

當時我還能做什麼呢？去道歉嗎？明明都被封鎖了耶？原來如此，如果認真去找或許真的能夠找到吧。但是，事到如今見面又能怎麼樣呢？對方都已經強烈表現出不想見我的意願然後離開了。

如果是希望我痛苦一輩子，那也無所謂。

盡量罵我，指責我吧。

我日復一日地無限重複這段對話。

我擁有的只有過去，完全是孤身一人。這正是我的期望，也完美地實現了。但是——

某一天，當我獨自走在木屋町的酒店街上，側眼看著夜晚的喧囂和開心的人們時，突然感到強烈的孤獨。

今後我也會像這樣遠遠看著溫暖的事物，獨自在黑暗中過生活嗎？

依然會被困在回憶裡，依附著它們過生活嗎？

好可怕。

但是不管怎麼想，我都不覺得自己有和他人構築關係的資格。

我發現自己害怕孤獨，也害怕與人來往，變得進退兩難。

完全不知道該怎麼辦，只能束手無策。

我需要的是自己能融入社會，以及和他人產生聯繫的方法。

誰來告訴我，究竟該怎麼做吧。

但是沒有人能夠回答我，倒不如說我身邊沒有任何人。

我從大學的圖書館借了許多書，專心地閱讀著。

是關於哲學、宗教、文學的書。我想從這些書中，尋找自己今後該怎麼做的啟示。但是，什麼都沒找到。

感覺已經沒救了。

我被自己徹底破壞，什麼都沒有留下。

在沒有冷氣的公寓房間裡，我被圍在堆積成圓環，像山一樣高的書堆中逐漸腐朽。

在傲慢和知識的螺旋中，我認為這是非常適合我的結局。

「多給我一點光芒……」

即使如此，我依然渴求著希望。但是卻沒能找到，全身失去力氣，原以為自己會就這麼變成了木乃伊。

這時，有人從關不緊的門縫間塞了幾張紙進來。

那是寫著大學課程內容的活頁紙。

是隔壁房間的福田傳來的。

福田莫名地很關心我。明明沒有提出要求，但他總是會像這樣將筆記借我看。拜此所賜，就算我經常翹課，也沒有被當掉。

「為什麼……」

我爬到門前。

「為什麼，要對我這麼好……」

他沒有回答。或許已經離開了也說不定，我失望地低下頭去。

而就在這個時候。

「那不是當然的嗎。」

福田隔著門說道。

「因為我們是朋友啊。」

福田將只是住在隔壁，只是一起上過幾堂課的我稱做朋友。而且還因為擔心那個不爭氣的朋友，甚至把筆記遞了過來。

一般來說，沒人會對這種自怨自艾的人伸出援手。把那種人丟在一邊，專心磨練自己，或是去開心的地方找樂子，絕對會過得更加充實。

我一直以為，像這種不計較得失鼓勵他人的老好人只存在於電視劇裡。但是，福田向我證明了，現實中也有這種人。

我站起身，打開一直緊閉的門，陽光照了進來。

「福田，我一直都沒跟你道謝呢。」

「別在意啦，這是我自己想這麼做的。」

福田露出親切的笑容說。

「而且，我認為桐島懲罰自己有點過頭了。」

「意思是福田會原諒這樣的我嗎？」

「我不清楚桐島過去發生了什麼，不過，我會原諒桐島喔。」

福田的溫柔使我哭了出來。

然後我發現了。

我不想變得孤獨，也不想懲罰自己。

大概是一直想像這樣哭出來吧。

大哭了一場之後，我將為了道謝事先買好的羊羹交給了福田。因為他也是窮酸公寓的居民，所以很開心能夠收到羊羹。

等福田回到隔壁房間以後，我注意到當福田對收到羊羹表示開心時，我自己也湧現出一股高興的情感。

就在這個時候，天啟降臨在我身上。

我從堆積如山的書堆裡拿出了一本書。

是德國哲學家兼心理學家，埃里希・佛洛姆的著作。

《愛的藝術》。

埃里希在這本著作中，闡述了愛的本質是「付出」。他認為愛並非與生俱來，而是一種必須學習掌握的技術。換句話說，為了愛人必須每天不停地鍛鍊才行。

我從中找出了桐島司郎嶄新的生活方式。我一直都是被人付出的一方，從現在開始，成為付出的一方吧。我是這麼想的。

福田毫無疑問是會付出的人。他的溫柔拯救了我，不光是我，他還會將在壁櫥裡栽培的豆芽菜分給公寓的每個人，我應該效法他。

在那之後，我為了成為真正意義上「能夠愛人的人」，成為能夠付出的人展開了訓練，這就是我和世界連接的方法。

我買了釣竿開始釣魚，製作料理分給老是吃奇怪蘑菇的居民們。

收到了一雙高木屐當作回禮。

不，送高木屐不太對吧。我這麼想著，將它放在玄關好幾個星期。之後發生了許多事，我穿上了高木屐，大家都很開心。

有一次，大道寺學長在公寓走廊叫住了我。當時他身上正穿著簡便和服。

「桐島，我差不多想脫掉這件簡便和服了。」

「那脫掉不就好了？」

「但這是山女莊代代相傳的簡便和服，在沒有找到繼承人之前，是不能脫下來的。」

大道寺學長有個已經步入社會的女朋友，據說是那位女朋友覺得跟學長走在一起很難為情，要求他脫下來的。

既然有人遇到困難，就不能置之不理。

「我明白了，就讓我來穿吧。」

接著我從大道寺學長那裡接受了胡弓的教學，理由是穿著簡便和服拉胡弓感覺很帥。順帶一提，大道寺學長最擅長的是馬頭琴。

於是我成為了一個穿著高木屐及簡便和服，揹著胡弓的男人。

我想當一個理解愛情，能夠付出的男人。

並且發誓要讓每一個相遇的人幸福展開行動。效法埃里希·佛洛姆，成為一個願意付出的人。

這就是我現在的行動準則。

現在的我已不再孤獨。

有遠野、宮前、福田和大道寺學長在我身邊。

正如南邊有生病的小孩就會去幫忙照顧，西邊有勞累的母親就會去幫忙扛稻穀一樣（註：出自宮澤賢治的詩集《不畏風雨》）。既然遠野因為無法跟心上人告白感到困擾，我就跟她一起前往會場，給予協助。

我想成為那樣的人。

◇

體育館裡迴盪著球跟地板碰撞的聲音。

是遠野的殺球。

「感覺很厲害呢。」

大道寺學長這麼說，我們也點了點頭。

我們並肩坐在觀眾席上眺望著球場。

只見她用看起來十分舒暢的模樣高高跳起，眼神銳利地盯著球，接著和隊友擊掌，表達著自己的喜悅。

她的表情相當清爽，被汗水沾濕的頭髮也十分爽朗。

「遠野同學一旦換上球衣就會像換了個人嗎？」

福田看著球場說道。

「硬要說的話。」

宮前回答。

「應該是待在女生團體裡就會變得很強勢，能夠讓她做回原本的自己吧。」

在遠野充滿活力的出色的表現下，她的隊伍輕易地贏得了比賽。

當我們打算跟她搭話離開觀眾席的時候，正好在通道裡遇到了女子排球隊。

遠野發現了我們，離開隊伍走了過來。

「小栞、小栞！」

「慢著遠野，妳的汗、汗！」

遠野一把抱了過去，宮前拚命逃跑。

「啊，是福田同學。」

發現我們之後，遠野便開始向隊員做起介紹。在社團裡，她的立場似乎是負責活絡氣氛和帶領大家。

遠野好像平時就有聊到我們，當她依序介紹福田和大道寺學長的時候，排球社員紛紛給出「真的是自然捲耶～好可愛～」、「哦哦～這個人就是那個說宇宙的！」之類的反應。

「然後這位是桐島同學。」

當遠野這麼說完，排球社員發出了「簡便和服！」「釣魚的人！」「胡弓！」「咦？可是，今天他為什麼穿著正常的衣服啊？」的聲音。

女生團體真是吵鬧呢。

「桐島同學，你真受歡迎呢！」

遠野摟著我的肩膀，沾滿汗水的黏稠觸感透過衣服傳了過來。

「喂，遠野。」

「這是勝利的汗水。」

她不停地用滿是汗水的額頭磨蹭著我的腦袋。

「話說回來，桐島同學為什麼沒穿簡便和服呢？」

「咦？遠野妳居然問這個？」

「不穿那個就太沒個性了喔。」

「是誰叫我別穿的啊？」

「請更加重視自己的個人特色。」

「我被人擺出熊的姿勢威脅了耶。」

「看來是因為女生很多，讓你開始胡思亂想了吧，真是的～」

遠野啪的一聲拍了我的肩膀。

力道真是沉重。

不過話說回來，遠野一旦跟女排社的成員在一起，形象就會大不相同呢。

「遠野同學，趁著這個氣勢就沒問題了吧。」

福田這麼說著。

他指的是告白的事。遠野說過想在比賽結束後傳達自己的心意。

而正如福田所說，現在的遠野態度非常自然。雖然還是會說敬語，但即使面對我們，態度也不像平時那樣過於拘謹。

我也提出了要她用被女排社同伴包圍的心態去嘗試的建議。

「如果覺得一群人有點那個，那我單獨陪妳去怎麼樣？」

宮前也這麼說。

總而言之，遠野就像是泡到海水就會很有活力的魚，因此只要營造出能讓她聯想到女子高中的環境就行了。但是——

「嗯～」

遠野瞇起眼睛，露出複雜的表情。

「我覺得這種事情果然還是該獨自鼓起勇氣去做。」

她是個老實的女孩子。

「但是，還是請你們陪我到最後一刻。」

事情就是這樣。

男生會場是在同一塊占地內的另一間體育館，我們把遠野送到那裡的門口。途中遠野一直練習對我跟福田說「辛苦了！」，她大概打算用這句話當開場白吧。

遠野準備走進體育館。

「加油！」「沒問題的。」「遠野宇宙前所未有的廣闊。」

大家對著她的背影這麼說。

此時遠野回頭看了過來，於是我稍作思考之後開了口：

「向對方傳達自己的心情是非常寶貴的，尤其當那是一段美妙的感情時。」

遠野深深地點了點頭，接著消失在門裡。

在濛濛細雨中，我們幾個默默地站在原地。

「要是交到男朋友，遠野就不會來找桐島玩了喔。」

宮前意味深長地看了我一眼。

「這樣好嗎？」

「沒關係的。」

我這麼說著。

「只要大家能夠變得幸福，這樣就夠了。」

這就是名為桐島埃里希的男人。

◇

回程的電車上，福田相當受歡迎。

女排社的成員也跟我們同行，但福田的自然捲似乎打開了她們的某種開關，只見她們說著「好可愛～」不停地搓揉他的頭髮。

「桐島，幫幫我！」

「福田，世人把這個稱作幸福喔。」

他跟遠野一樣，國、高中讀的都是只有男生的學校，因此這種經驗對他而言也是必要的吧。

為了逃離充滿無限活力的女生團體，我跟宮前一起跑到同一節車廂稍微遠一點的地方就座。

「宮前，雖然由我這麼說有點那個，不過妳是有自閉症嗎？」

「別把我跟穿木屐的人混為一談好嗎？」

她說自己並不討厭跟人交流，可是——

「是那些女生太直接了啦！」

宮前臉頰變得通紅。

她似乎遭到了各式各樣的問題轟炸。像是長得那麼漂亮有沒有男朋友？宮前否認之後，又被追問有沒有特別要好的人，當她回答自己被很多人追求時，話題又轉到了跟那些人進展到哪個地步上面——

她似乎是在話題稍微深入到「既然自己一個人住，那想做什麼都可以吧？」的時候逃走的。

「……雖然乍看之下很擅長跟男人相處，但宮前真是清純呢。」

「桐島，不說話沒人當你是啞巴。」

依然頭昏腦脹的宮前、不停被搓著頭髮的福田、在女排社團體裡嬉鬧的遠野，和偶然坐在一起的少年闡述宇宙的大道寺學長。

我認為這是段很棒的人際關係。

「那麼，我去研究室露個臉。」

大道寺學長這麼說著，在途中的車站下了車。

「我之後也還有約。」

宮前也在下一個車站下了車。她還是老樣子接受了很多男人的邀約。似乎還沒有交男朋友，只是和各式各樣的人一起出去吃飯、約會而已。我一語不發地目送著她的背影。

福田依然被女排團體包圍著。他外表清秀、表情中流露著真誠，看起來就是個未來充滿潛力的聰明男性。

我只想當個幕後人員，因此沒有特別做些什麼。就在我打算創作胡弓的新曲，拿出畫著五線譜的筆記本時——

「咚～！」

遠野猛然撞了過來坐在我身邊。我還以為肋骨被撞斷了。

「妳心情挺好的呢。」

「因為所有事情都很順利嘛！」

遠野穿著球衣，臉上掛著笑容。

「對了，我打排球的樣子，看起來怎麼樣？」

「非常帥氣喔。」

「一點都不帥嗎？」

「妳有聽我說話嗎？」

「總覺得鬧過頭，有點睏了耶。」

「妳也太我行我素了……」

遠野閉上眼睛，開始發出鼾聲。

考慮到她打完比賽應該很累了，於是我便讓她好好休息。

過了一會兒，遠野倚靠在我的肩膀上。

福田似乎還忙著跟女孩子聊天。

電車就這麼持續行駛著。

京都的電車我至今仍坐不習慣，還真是來到了很遠的地方啊。

在一個新的地方，構築了新的人際關係，全新的桐島司郎。

這樣就行了，這才是正確答案。就在我這麼告訴自己的時候——

「遠野，要下車嘍～」

女排社的其中一個人走了過來，她們現在好像要所有人一起去開慶功宴。

「啊！」

遠野睜開眼睛坐了起來。

「抱歉，我真的睡著了！」

她很害羞似的笑著說。

「桐島同學，今天非常謝謝你！今後也請多指教！」

遠野對我低頭致意，接著跟社團成員們一起下了車。

從女排社員包圍中脫身的福田走到我身邊。

「你真受歡迎呢。」

「沒想到自然捲會這麼受歡迎。」

「大概是因為比平時更捲吧。」

「因為濕度很高。」

只剩我跟福田兩人之後，氣氛變得格外平靜，這是他的品格使然。

「話說回來，遠野比平時更有活力呢。」

「因為事情很順利啊。」

此時福田「呵呵呵」地發出苦笑。

「全部都是我們的誤會呢。」

「那是遠野不好。聽見要把心意傳達給重要的人，任誰都會想到那邊去。」

到頭來，遠野的那個並不是告白之類的事。

同一個會場也舉行了排球的國際大賽。

遠野在我們的目送下走進了體育館。過了一會兒，她擺出勝利手勢走了出來。自豪地向我們展示她的球衣背面，上面用麥克筆簽了名。

那是義大利著名男子排球選手的簽名。

他是奧運的獎牌得主。遠野似乎從高中開始就在研究他的影片，練習要怎麼打出跟他一樣犀利的殺球。

然後得知了他會來日本參加這場大賽，就覺得一定要拿到他的簽名。

「與其練習跟男生說話，不如練習義大利語還比較好吧。」

「比手畫腳地要到簽名，真有遠野的風格呢。」

真是讓人鬆了口氣。

由於今天很累了，我們默默地眺望著車窗外的風景。

外面是被溫柔的雨水壟罩的古老街景。

「無論如何——」

我看著窗外撐傘走在路上的行人開了口：

「一切都是誤會不是挺好的嗎。」

「咦？」

「你喜歡她吧？」

聽我這麼說，福田很害羞似的搔了搔頭。

「真是的，實在瞞不過桐島啊。」

接著略為害羞地開口：

「嗯，我喜歡遠野同學。」

第2話　莫閣囉嗦

在京都的大學生活中，有輛腳踏車會非常方便。

因為街道都像棋盤，不僅很難迷路，遇到塞車也不用擔心。特別是當大學離車站有段距離時，騎腳踏車比較方便。否則就必須搭乘電車和公車了。更重要的是，腳踏車很便宜。

我和福田會騎腳踏車去河川上游釣魚收集食材，大道寺學長會邊唱歌邊騎車在大學校園內移動。遠野似乎在大一的時候就達成了騎車離開京都，繞琵琶湖一圈的成就。還向我展示了以琵琶湖為背景，露出清爽笑容比著勝利手勢的照片。她是個很適合被汗水沾濕頭髮的女孩子。

宮前則是沒什麼給人和腳踏車有關的印象。

因為她總是被人用車接送，外表也給人非常都市派的印象，沒有絲毫平民般的氣息。說得極端一點，就是很酷。

但宮前她似乎也買了一輛腳踏車。

那是某天早上發生的事。

這天我起床打開窗戶，朝櫻華廈和山女莊之間的私人道路看了一眼，發現宮前正站在一輛全新的腳踏車旁邊。讓我覺得奇怪的是，宮前好像完全不打算騎上腳踏車，只是握著把手站在車子旁邊，露出困擾的表情。

看來她似乎是害怕騎車。過了一陣子，她就像是放棄了似的將腳踏車放回停車場，返回了櫻華廈。

我並不打算伸出援手。畢竟她明顯是為了不讓人看見自己練習的模樣才刻意選在早上騎車的。但是這個情形每天早上持續上演，我終於忍不住跑了出去。

「要幫忙嗎？」

「少多管閒事。」

宮前冷淡地說著。

「我就是不想接受桐島的幫助。」

我伸手扶住腳踏車的後貨架，催促宮前騎上腳踏車。只見她戰戰兢兢地坐上坐墊，慢慢地踩了起來。

「宮前唯獨對我有點冷淡呢。」

「因為總覺得你很可疑嘛。」

「我可以放手嗎？」

「絕對不行！」

腳踏車左右搖搖晃晃地前進著。

「願意幫助宮前的人有很多吧。」

我想到了那些經常接送宮前的「有品味的大學生」。

「那些人所期待的，只是跟我一起去看夜景，或是去時髦的店之類的事情而已。」

我好像能夠理解。

上大學之後，感覺不用外表來挑選戀愛對象的人有所增加，但宮前的長相標緻到能夠無視這種傾向。

染得很漂亮的頭髮、用變色片改變瞳孔顏色、再加上白皙的肌膚，看起來就像個外國人。而且性格還很乾脆，不會去討好他人，讓人忍不住想追求她。

依照遠野的說法，參加系上的酒會時，每個男人好像都想坐在宮前旁邊。恐怕就算沒能如願，他們也會大聲說出自己的豐功偉業，好設法對宮前展現自己吧。

宮前是個只能當成戀愛對象，或是會因為她太過老成而讓男人退縮的女孩子——就跟山女莊的居民們所做的一樣。

「我實在不了解桐島。」

宮前說著。

「為什麼要對我這麼溫柔？感覺也不像是對我有好感呢。」

「我認為自己對任何人都很溫柔。」

「果然很可疑……」

宮前似乎覺得我的溫柔是有企圖的。

「感覺你一直隱瞞了重要的東西。」

「我沒有隱瞞任何東西喔。」

「特別是最近，在路上烤魚的次數變多了，感覺像是在盤算著什麼。」

真敏銳。

我經常在公寓前面烤釣來的魚，最近次數更是頻繁。這一切都是為了創造福田和遠野交談的機會。只要利用烤魚的味道，遠野就百分之百會拿著裝滿白飯的碗出現。

雖然表面上是將釣來的魚分給大家，但正如宮前所說，我的確有所隱瞞，因此會被人認為可疑也很正常。

「桐島是在用魚引遠野上鉤嗎？」

「誰知道呢。」

「難不成你喜歡遠野？」

宮前看著前方，我看不見她的表情。

但是她的語氣沒有絲毫開玩笑的感覺，充滿了讓人必須認真回答的氛圍。話雖如此，就算是為了福田，我也不能隨便把真相說出來。

所以——

為了蒙混過去，我搖晃著腳踏車。

「住手～！住手啦～！」

宮前發出尖叫聲。什麼嘛，這不是相當可愛嗎。

因為想看到她動搖的模樣，我更用力地搖晃著腳踏車。

「真是的～！最討厭桐島了！」

雖然她嘴上這麼說，但只要每天早上這麼練習，她遲早會學會騎車。我盤算著到時候五人一起出去玩的事。

那毫無疑問會非常有趣。

但是——

當我從後面扶著腳踏車，在公寓前的道路上不停轉圈的時候。

櫻華廈的方向傳來了女孩子的聲音。

「宮前同學又在勾引男人了。」

「她經常這麼做呢。」

大概是宮前同一所大學的人吧。

當我看向建築物的方向時，那裡已經沒有任何人影。

宮前一語不發地下了腳踏車。

太陽剛升起的早晨風景，帶著些許涼意的空氣。

宮前靜靜佇立在那裡的模樣，莫名的沒有現實感。我不清楚她對此是怎麼想的。跟她冰冷到可怕的表情相反，她那被朝露沾濕的長睫毛正美麗地閃動著光輝。

從那天起，宮前不再跟我們有所往來。

這時我才初次發現，自己根本一點都不了解宮前。

◇

傍晚時分，我跟福田、大道寺學長一起在公寓前面升起炭火。

今天的魚是三天前釣上來之後，就一直在清理泥味的鯰魚。大道寺學長漂亮地將牠支解，福田則是用砂糖、味醂和醬油製作了燒烤醬汁。

「福田，狀況如何？」

聽我這麼問，福田很害羞似的低著頭說：

「關係增進了不少喔。我們約好下週要跟遠野排球社的朋友，還有我大學的朋友一起出去吃飯。」

「就像大學聯誼的感覺嗎，真不錯呢。」

我沒被邀請就是了。

姑且不論這個。

「出發或回程的時候如果有機會和遠野搭電車，就去搭第一節車廂吧。」

「為什麼？」

「遠野她喜歡電車。」

據說她父親好像是鐵路工作員，從小就經常乘坐電車。

「她說過自己特別喜歡能夠一邊窺探駕駛座，一邊欣賞電車正面風景的第一節車廂。似乎是覺得電車沿著鐵軌筆直前進的感覺很舒服。只要去搭第一節車廂，她肯定會很開心吧。」

「我知道了，搭電車時候我會這麼做，謝啦。」

我每天都在為福田的戀情提供幫助。

特別重視的是單純接觸效果。人們容易對經常看到、聽到的事物抱有好感，所以我努力增加了福田和遠野接觸的機會。

「洗衣服作戰順利嗎？」

「嗯，就跟桐島說的一樣，我常常遇到遠野同學。不過一週見那麼多次面，會不會太不自然啊？」

「不會的，畢竟我們沒有洗衣機。」

除了用烤魚引誘之外，我看上的另一個接觸機會是自助洗衣店。

遠野每天都會去洗球衣和運動服。而由於到下一次練習之前沒有時間晾乾衣服，她會使用自助洗衣店的烘乾機。

我把自己要洗的衣物也交給了福田。這樣一來，福田前往自助洗衣店的次數就會增加。而大道寺學長也很敏銳，在看到我們的行為之後，他說著：「是這種宇宙嗎？」也開始將自己的待洗衣物交給福田。

「用烘乾機的時候那裡只有我們兩個人。」

福田害羞地說著。

「我很喜歡晚上跟她一起看著洗衣機轉動，一邊笨拙地聊著天的時光。」

聽到這件事，大道寺學長說：「自助洗衣店有種魔法。」

「那裡有一股獨特的氛圍，我還是大學生的時候，我在那裡遇到了一個總是戴著耳機，等待衣服洗好的女孩子。她看起來莫名地特別。」

「你後來跟那個人怎麼樣了？」我這麼問著。

「現在她是我的女友。」

不過呢，大道寺學長接著開口：

「或許不開口搭話，只把她看作自助洗衣店的女孩子，當成回憶的一部分也不錯。待在同一個空間但不進行交流，有種這正是生活的感覺。」

「真是有詩意呢。」

當我們聊著這種事的時候，串在鐵籤上燒烤的蒲燒鯰魚開始散發出香味。

不久之後，遠野便端著白飯跑了過來。

「好厲害！這是鰻魚嗎！」

「是鯰魚。」

我將烤好的鯰魚放在遠野的白飯上，她隨即咬了一口。

「是鰻魚。」

遠野這麼說，邊吃邊露出了幸福的表情。

「這麼說來，宮前同學呢？」

福田問道。

「最近幾乎沒見到她過來呢。」

「她說最近很忙，要交報告跟上課。」

「遠野同學沒問題嗎？聽說妳們是同一個系，班級也是同一個。」

「鰻魚真好吃呢。」

由於福田和遠野聊起了天，我走到稍微遠一點的地方，開始演奏胡弓。總之，就是擔任幫兩人炒熱氣氛的森林樂隊。

看著露出開心表情的福田和遠野，我也很高興。

於此同時，我在意起宮前的情況。

『宮前同學又在勾引男人了。』

自從那句傷人的話之後，宮前就不再跟我們來往。

我對遠野、福田、大道寺學長都還算了解，但是我對宮前的私生活一無所知。

了解對方和溫柔對待對方是兩回事。既然對方不想說，就沒必要刻意深究，如果對方想離開，也不必去挽留。

即使如此，如果宮前遇到什麼困難，就算是多管閒事，我也想替她解決。

當時宮前背對朝陽，露出了極其冷漠的表情。

我來到京都，成為了新的桐島，很多事情得到了改善。

可是——

一旦看到平時冷淡的女孩子露出寂寞的模樣，不知為何，我的胸口就會刺痛到難以呼吸。

◇

某天晚上，因為有種宮前正在獨自練習騎腳踏車的感覺，我離開被窩來到公寓前面。但是現場空無一人，只有蟲子的鳴叫聲。

由於沒有了睡意，我獨自一人走在哲學之道上。

晚風吹動樹木，帶來夏天的氣息。

哲學家西田幾多郎走在這條路上時似乎想到了什麼了不起的想法，不過我沒能整理好自己的思緒。

隨後像個典型的現代人一樣前往便利商店，在那裡遇見了她。

「你又來站著看書了嗎。」

「這麼說遠野又來買蛋白棒了嗎。」

遠野有個在晚上稍微慢跑之後，跑來便利商店買蛋白棒的習慣。我們已經這樣遇到過好幾次了。明天把這件事告訴福田吧。

「不過，這麼晚在路上閒晃不太好喔。就算治安不錯，道路還是很暗。」

「既然如此，桐島同學就送我回去吧。」

她這麼說著，我們便一起離開便利商店。

我們兩人一起走在夜晚的路上。遠野還是老樣子穿著背心和短褲。讓人不知道目光該往哪擺，只能在將視線放在她的臉上。

她的嘴角還沾著剛剛吃蒲燒時的醬汁。

「臉上沾到醬汁嘍。」

我拿出紙巾想替遠野擦掉，但在中途停了下來，遞出紙巾讓她自己處理。替遠野擦嘴的事應該交給福田。

接著我想起遠野在剛剛吃鯰魚時說過的話。

「妳說宮前忙著寫報告是謊話吧？」

「誰知道呢～」

遠野不會說謊，眼神立刻游移了起來。

「看來是被吩咐什麼都不能告訴我了吧？」

「嗯～～」

我因為想了解宮前面臨的麻煩，向遠野提出了幾個問題。

「除了遠野，宮前還有其他朋友嗎？」

「遠野是怎麼跟宮前打好關係的？」

「宮前為什麼要跟那麼多男人打成一片？」

「為什麼宮前突然開始騎腳踏車？」

遠野依然守口如瓶。

只是默默地在寂靜的夜裡走著，她手上的購物袋搖晃著。

過了一會兒，遠野有些拘謹地開了口：

「小栞在各方面幫了我很多忙，像是幫我一起做報告，或是借筆記給我看。」

遠野來山女莊的時候，宮前經常會跟她在一起。這麼做似乎包含了幫助不擅長跟男生交流的遠野這個意圖。

我原本以為遠野很依賴做事可靠的宮前。

但是——

「小栞太替我著想了，明明可以過得更輕鬆一點的說……」

遠野雖然個性天真，但並不遲鈍。

她還給了一個我完全不了解的，關於宮前的提示。

「大家都以為小栞的頭髮染得很漂亮，但那是個誤會，她的頭髮本來就是那個顏色。」

「咦？」

「而且她也沒戴變色片。」

如果這是事實，就代表宮前那完美的外表是與生俱來的。

「宮前是外國混血兒嗎？」

「她說家人和親戚全都是日本人。不過，小栞是在一個有很多教會的地方出生的，所以我猜測她可能有個從某個地方來傳教的外國人祖先。」

遠野沒有繼續多說什麼。

當來到彼此的公寓前面之後，我們互相說著「晚安」轉身離開。

「那個，請不要把我講的事情說出去喔，尤其是關於出生地的事……雖然我覺得那樣非常可愛……」

「可愛？」

「再見！」

這麼說完之後，遠野逃走似的溜進了大樓大廳。

她之所以願意稍微跟我聊到這個，說明她也想改善宮前目前的處境。

我只得到了兩條線索，但這樣已經足夠了。

正當我一邊打算明天找個地方跟宮前聊聊，一邊走進山女莊的時候。

不知何處響起了金屬架倒在地上的聲響。

我順著聲音的方向看去，發現宮前和腳踏車一起倒在櫻華廈的後院。

宮前雙手撐在地上，感到尷尬而別開了視線。

靠近一看，才知道腳踏車壓住了宮前，她腳踝的位置還滲著血。

我在扶起腳踏車之後開了口：

「從明天開始，跟我一起練習吧。」

宮前沒有回答。

因為從小就擁有完美的外表，她總是被當成愛慕、或是保持距離的對象，肯定也引起過女孩子們的嫉妒。

因為這個緣故，跟人建立關係的其中一個方面徹底從她的認知中消失了。

這使得她無法依賴他人。

尤其是跟男性之間的關係，宮前覺得只能憑藉戀愛情感來建立聯繫。

所以我開了口：

「宮前，請多依賴我一點。」

相信我吧，因為——

「我們已經是朋友了不是嗎？」

◇

我從後面扶著腳踏車的後貨架，宮前踩著踏板。

這天早上，我們跟往常一樣在公寓前的道路來回繞著圈。

自從那天之後，每天早上宮前都會練習騎腳踏車。

我們不怎麼交談。上次聊天還是宮前受傷的那天晚上，我從大道寺學長的房間借來了急救箱。

說的還是像「還以為你會用葉子來包紮」、「妳是怎麼看待我們的啊……」之類的內容。

不過今天早上，宮前有些多話。

「是我不好。」

她背對著我，踩著腳踏車這麼說著。

「因為我怕寂寞。」

宮前似乎是被祖母養大的。據說她的祖母經營著一家日式點心店，從小宮前就總是孤身一人。所以才渴望有人陪伴。但是，出現在她身邊的，都是些對她有好感的男孩子。從國中開始，宮前就已經形成了跟對她抱有好感的男孩子玩在一起並且被其他女生嫉妒，和現在相同的模式。

宮前認為，人和他人產生聯繫的強烈動機只有戀愛情感。所以為了撫平寂寞，就算自己沒有戀愛情感，她依然會不停地和願意陪伴她的人約會。這是因為她不知道其他與人建立聯繫的方式。從旁人的眼光來看，宮前就像是在四處挑逗男人一樣，因此女孩子愈來愈討厭她。

即使成為了大學生，這方面依然沒有改變。

「到大一的秋天為止，我都是攝影社的社員。」

「看來是不太順利呢。」

她的舉止似乎就變成了所謂的社團破壞者。願意和她聊天，或是教她攝影知識的都是對她有意思的男生，甚至連社長都為了接近宮前，和之前交往的女朋友分了手。但是宮前就算願意和各方面照顧自己的人約會當作回禮，也沒有打算和他們交往。

不少男性就像這樣為了宮前和自己的女友分手，這導致女生們將她當成了天敵。

宮前因此遭到孤立，能夠依靠的只有那些對自己有意思的男生，就這麼陷入了跟他們約會當作回報的惡性循環。但是——

「遠野幫助了我。」

據說當時遠野開口跟她借筆記，兩人從此開始有了交流。

「遠野的確不擅長應付男生，又有逃避念書的傾向，所以看起來才像是我在幫助她。」

但是實際上，卻是遠野看到宮前孤獨的模樣，在不知道這些事的情況下朝她伸出了援手。

「雖然是從別人那裡聽說的——」宮前繼續說著。

「要是發現大學裡有人在說我的壞話，她就會擺出熊的姿勢威嚇對方。」

「遠野還是改掉老是訴諸暴力的習慣比較好呢。」

兩人感情就此變好，並開始跟我們這些山女莊的居民交流。

以此為契機，宮前不再依賴帶著好感接近自己的男人來填補寂寞，下定決心要改變自己。

「所以才想騎腳踏車呢。」

「嗯。」宮前這麼說著。

「因為我想五個人一起騎車出去玩……」

升起的陽光將宮前的頭髮染成燦爛的金黃色。

宮前栞是個永不褪色，閃爍著金色光輝的女孩子。

我是這麼想的。

「宮前，我是妳的朋友，所以會想不求回報地為妳付出。無論我做了什麼，也不用產生必須跟我約會的想法。遠野也是一樣。就算妳不幫忙她做報告，或是不借她筆記，她也會陪在妳身邊。所以不需要覺得寂寞，可以盡情撒嬌。」

不過——

「這是怎麼回事？」

「咦？」

「宮前，妳已經可以自己騎腳踏車了吧？」

這一週以來，我們每天早上都在練習。而至少從三天前開始，宮前已經熟練到能獨自騎車了，她本人不可能沒有發現。實際上，在我昨天早上走出公寓之前，雖然還有些搖搖晃晃，但她已經能獨自一人騎腳踏車了。

但是當我走出戶外時，她立刻下車，若無其事地露出一副「我還不會騎」的模樣。

「為什麼要假裝不會騎車呢？」

聽我這麼說，宮前轉過頭來，狠狠地瞪了我一眼，然後——

「莫、莫、莫、莫！」

滿臉通紅地這麼說道。

「莫閣囉唆～～～～～～～～～～～～！」

莫閣囉唆？

「煞煞去！不幫我扶也沒關係！」

煞煞去？

總而言之，我放開了扶著腳踏車後貨架的手。

宮前早就能自己騎了，因此她並沒有跌倒，而是就這麼轉頭看向前方騎著車。

「桐島完全不懂咱纖細的心情唄！」

她邊說邊踩著踏板，發出叮叮噹噹的聲音將腳踏車騎出了空地外。

看來宮前的老家似乎在九州。遠野說她覺得很可愛但本人卻很在意的地方，指的就是她會說方言的部分吧。

居然讓她氣到說出方言了嗎？我稍微反省了一下。

但是宮前還是好好地回來了。

那是發生在當天傍晚的事。

我、福田、大道寺學長和遠野一如往常地在一起烤魚時，宮前騎著腳踏車來到了我們面前。

接著有些害羞地用標準的日語開口：

「我現在會騎腳踏車了……大家一起出去玩吧……」

她是個總是跟人保持距離的女孩子。

我們一直都在等著宮前的這句話。

「嗯。」

我點了點頭。

「嗯，大家一起去吧。」

福田露出了微笑。

「好～要做些開心的事嘍～！」

遠野將筷子伸向夜空。

「宇宙！」

大道寺學長大喊著。

於是，我們五人的大學生活，就像電影膠捲一樣轉動了起來。

◇

心意相通的我們是最棒的。

五個人一起騎車出門。

前往河川的上游，五人並肩拿著釣竿，一起甩出釣鉤。

「預～～～～備！」

這麼一來我們就停不下來了。

腦中撥放著快節奏的搖滾樂。

遠野失落地看著水中釣不起來的魚，肚子咕嚕咕嚕地叫著。宮前以為釣到東西，一臉得意地拉起釣竿卻是長靴，使得我們笑個不停。

去廢墟試膽的時候被嚇得大呼小叫，回到公寓後則是莫名地覺得害怕，我和福田跑去大道寺學長的房間一起睡。隔天聽說遠野也去了宮前的房間，不僅抱著宮前一起睡覺，甚至連上廁所都要宮前陪同。聽見這件事的我們笑了起來，遠野則鬧起了彆扭。

我們的大學生活不斷加速。

在三十三間堂參觀千手觀音、去奈良看大佛、在拉麵小路到處享用拉麵，也吃了肉包。前往蹴上傾斜軌道的廢棄鐵路時，喜歡電車的遠野非常興奮。

「登登登～登～♪登登登～登～♪登登登，登～登～登～登～♪」

她笑容滿面地一邊哼著Ben E. King的《Stand by Me》，一邊漫步在廢棄鐵路上。

而我們畢竟是大學生，會喝酒是正常的。但因為沒錢所以平時不喝。

不過那天宮前帶了大量的酒來。

「朋友給的。」

雖然她若無其事地這麼說，但宮前沒有除了我們以外的朋友。更重要的是，眼前擺放的酒全部都是九州的當地品牌，應該是老家之類的地方寄過來的吧。而宮前似乎還不打算公布自己是九州人的事。

覺得不管怎樣只要能喝就好的我們來到山女莊的屋頂，一邊看著星空一邊喝酒。正好這裡有在曬鮭魚乾，我們便拿來當下酒菜。

開喝沒多久，福田只是喝了幾口燒酒就醉倒了。

「今年夏天……去海邊吧。我們都會釣魚……要去海邊釣比目魚……」

他這麼說著便睡著了。

大道寺學長喝了兩三杯之後，開始猛彈馬頭琴，並且變得無法溝通。

遠野則是退化成幼兒。

「小栞～我要摸頭～」

「好乖好乖。」

「嘿嘿。」

「好了，那麼我們回房間睡覺吧～」

宮前把遠野帶回了櫻華廈的房間。

看著喝醉酒變得搖搖晃晃的女孩子，我的記憶深處開始隱隱作痛。

在宮前回來之前，我也將福田和大道寺學長帶回了各自的房間裡。

然後，我們兩個再次喝了起來。

宮前的臉色絲毫沒變。即使用我三倍的速度喝著燒酒和日本酒，她仍是一派輕鬆的模樣。

「桐島，這個也很好喝喔。」

「後勁有點強呢，沒有更好入口的嗎？」

「這個就跟水差不多好入口。」

「那就喝這個吧。」

「不過只是容易喝，酒精濃度非常高喔。」

「咦……我剛剛一口氣喝光了耶……」

在宮前的影響下，我也喝了很多，頭變得愈來愈痛。

「我也差不多該……」

「原來跟朋友喝酒這麼開心啊，我從來不知道。要是這種時光能一直持續下去就好了。」

「好，再來一杯。」

放馬過來吧。

我任由宮前倒酒，不停的喝了下去。

然後當我回過神來——

才發現自己跟宮前睡在同一張床上。

◇

即使上了大學，我的酒量依然很差。

「抱歉！讓你喝太多了點！桐島，拜託你不要死啊～！」

朦朧的意識中，我隱約有著宮前拖著我走的記憶。

回過神來已經是早上了。

從睡著的觸感來看，應該是在床上吧。因為枕頭散發著香氣，這裡恐怕是宮前的房間。畢竟山女莊只有榻榻米和硬梆梆的棉被，而且還沒有床。

說起我為什麼不睜開眼睛加以確認，是因為宮前從剛剛開始就以為我睡著了，一直在對我說話。

「桐島，謝謝你。」

從聲音的位置來看，能夠推測宮前正在床邊看著我的臉。

「我一直很寂寞。」

頭上傳來宮前手指的觸感。

她觸碰、撥弄著我的頭髮，隨後像是在描繪輪廓似的沿著臉和肩膀移動。

「吶，桐島，你知道嗎？咱好像喜歡上你了。」

此時宮前的語氣慌張了起來。

「這是指作為朋友的喜歡喔？別誤會了！因為桐島馬上就會得意忘形啦！」

真是個自己忙成一團的傢伙。

「吶，桐島睡著了唄？」

「…………」

「真的睡著了嗎？不會還醒著唄？」

「…………」

「很好，看來是睡著了唄。」

身旁能感受到人的氣息。

是宮前爬到了床上。她似乎躺了下來，跟我面對面。然後——

「這是作為朋友的服務喔，咱從沒有對其他人做過，感謝咱吧。」

她緊緊地抱了上來。

宮前身體的觸感透過簡便和服傳了過來。

「是朋友喔，咱們是朋友。」

宮前時而用力，時而輕柔地抱著我，感覺一開始似乎十分享受。她觸摸我的身體，用我的手臂當枕頭，像貓一樣玩鬧著，但就在不久之後——

「桐島，咱有點奇怪，心情平復不下來。」

她將臉埋進我的胸前，吐出熾熱的氣息。雙手用力緊抱著我，用腳夾住了我的大腿。

「想要一直跟你在一起。不過，就算咱不說你也會這麼做對吧？畢竟是朋友嘛？謝謝你喔。你會一直陪著咱吧？咱只剩下桐島了喔。只要有桐島在身邊就夠了，桐島、桐島——」

宮前的氣息逐漸變得濕潤。

能感覺到她的情緒因為自己說的話愈來愈激動，身體也逐漸變得熾熱。

「桐島、桐島、桐島、桐島、桐島、桐島、桐島、桐島、桐島、桐島、桐島、桐島、桐島、桐島、桐島、桐島、桐島、桐島、桐島、桐島——」

她全身猛然變得僵硬，劇烈地的顫抖了兩、三次。

大口大口地喘著氣。

在餘韻中，宮前全身無力地開口了。

「所謂的朋友，真是厲害呢……」

宮前的氣息拂過我的嘴邊。

感覺到事情可能不妙，當我打算假裝剛醒來起身的瞬間，宮前移開了身體。

「不好不好，總覺得腦袋有點發熱了呢。」

氣息逐漸遠離，看來她似乎離開了床。

「咱想要朋友，要是因為這種事情關係鬧僵就不好了。」

「畢竟——」宮前繼續說著：

「桐島可是有女朋友的嘛。」

第3話　十年後的約定

某天晚上，我們在大道寺學長的房間裡打麻將。這是因為遠野說自己記住了規則，想打打看的關係。

我、福田、大道寺學長和遠野四人圍著桌子。

我們在榻榻米上放著被爐，鋪著坐墊坐著。

遠野這個新手似乎光是摸到牌就很開心，她小心翼翼地將牌放在一起，露出開心的笑容。遠野是個能從小事中找到快樂的女孩子。

姑且不論這個——

「小栞。」

遠野從牌上移開視線，抬頭看著宮前說：

「妳不覺得和桐島同學坐得很近嗎？」

宮前坐在我身邊觀戰，她雙手抱著腿傾斜著身體，幾乎可以說是整個人貼在我身上。

「咦？這沒什麼吧。」

宮前露出一副真心不知道為什麼會被說靠得太近的表情。

「畢竟我是桐島的朋友啊。」

遠野抬頭稍微想了一下，然後說著「的確是呢」並接受了。

她大概是用女生的標準來判斷距離感的吧。

「吶，桐島，是要收集那張白色的牌嗎？」

宮前進一步貼了過來。她似乎才剛洗過澡。有些濕潤的頭髮散發著香氣，她穿著寬鬆的運動褲和T恤，給人一種時髦女孩子參加戶外教學到了晚上的感覺。

大道寺學長凝視著宮前開口說著：

「我也相信自己跟宮前是朋友。」

「桐島，你的肩膀比想像中更寬呢。」

「我從來沒被這種距離感對待過。」

「要不換掉簡便和服穿普通的衣服吧？這樣絕對會比較帥喔。」

「這種待遇差別到底是……」

「桐島，你瘦了嗎？有好好吃飯嗎？我可以請你吃飯喔？」

宮前絕對是那種一旦有了男友，就會不在乎別人目光打情罵俏的類型。是那種去看展覽卻不看展示物，而是一直從背後抱著男友的女孩子。

雖然我這麼想，但看來那只是我的誤解。

「開玩笑的啦，開玩笑。我只是在捉弄桐島而已。」

宮前這麼說著，乾脆地離開我身邊。

「畢竟我們是朋友嘛，我不會礙事的。你週末還要去跟女朋友約會吧？」

「是啊。」

「不過桐島真的有女朋友啊，我還以為是在說謊打腫臉充胖子呢～」

「喂。」

「是叫橘美由紀吧？」

「我曾經見過她喔。」

福田這麼說著。

「是個身材嬌小的女孩子，個性很穩重呢。」

「不過她還是高中生吧？感覺是被桐島騙了才開始交往的。」

「剛剛那個在我身邊全面肯定我的女性朋友上哪去了？」

隨後宮前又提出了許多問題，我一一做了回答。

像是小美由紀是同學妹妹的事，因為她就讀京都的全寄宿制高中我們偶然重逢的事，以及我們開始交往的事。

「她長得漂亮嗎？」

「嗯。」

「嗚哇，在秀恩愛……」

我一邊跟宮前聊著天，一邊打著麻將。就在這時候——

回過神來，遠野不知何時表情變得十分嚴肅。

「遠野，怎麼了？」

「…………桐島同學真是殘忍。」

她瞪著我說道。

「這樣對待我實在太過分了。」

看著她氣勢洶洶的樣子，我不解地朝福田和大道寺學長看了過去，但是兩人也一副不知道她在說什麼似的搖搖頭。

「你不明白嗎？」

聽她這麼說，我開始思索。但是，我依然沒有頭緒。

「抱歉……不過，要是我做錯了什麼的話，我道歉。」

「……桐島同學太遲鈍了！真是過分！」

遠野淚眼汪汪地說。

「這個！是這個啦！」

遠野手指的東西——

是放在她手邊的點棒。剛開始打麻將的時候還有很多的點棒，現在已經寥寥無幾，只差一點就破產了。

「這樣對新手也太過分了！福田同學和大道寺學長也是！」

剛學會規則的遠野很弱。再加上她只顧著收集圖案可愛的牌，才導致點棒變得愈來愈少。最後一名將會受到山女莊式的懲罰。

「話雖如此，也不可能手下留情。」

「畢竟是在決勝負嘛。」

「不能對骰子說謊。」

一旦打起麻將，我們就會有種自己是天才賭徒的心情。這是作為廢柴大學生也不能退讓的底線。抱歉遠野，雖然很想手下留情——

「是這樣嗎，我明白了。」

遠野緩緩地站了起來。

接著舉起雙手，用力握緊拳頭。

擺出熊的姿勢威嚇著我們。

我們抓起自己的點棒，小心翼翼地遞給遠野。

結果我變成了最後一名，作為懲罰必須去幫大家買果汁。

我將錢包塞進袖子裡，穿上木屐走到戶外。雖然沒有下雨，但卻能聞到雨的氣味。

大概是因為濕度很高，露珠從樹籬的葉子上滴落。

木屐的聲音迴盪在夜晚的道路上。

就像是直到剛剛的快樂氛圍是假的一樣，周圍寧靜又昏暗。每當獨處的時候，我的心情總是會變得低落。精神彷彿被拉回了一個人縮在公寓房間裡的時候。

必須快點回到那個溫暖的地方才行。

現在聚集在大道寺學長房間的他們毫無疑問是我的依靠。

我在自動販賣機前面拿出錢包。

但是身體卻動彈不得，我的腦海中浮現了幾句話。

這麼開心真的好嗎？你有那個資格嗎？以為自己會被原諒嗎？

那是我自己提出的問題，同時我心中也自動浮現了對這些問題的回答。

假裝孤單獨自嘆息也無濟於事，那樣只不過是拘泥於過去而已。

接著對這句話的反駁也立刻冒了出來。這樣不就是毫無反省地享受現在而已嗎？然後，對這個說法的反論也隨之出現。光是愁眉苦臉就算是在反省了嗎？

這是大一的時候，我坐在堆積成圓環中的書堆中間，不斷反覆糾結的問答，當時的想法在我心中不斷重複。

而且愈是思考，我的想法就愈來愈消極。

我變得動彈不得。能感覺到體溫逐漸下降，哪裡都去不了。我應該就這樣消失。正當我想到這裡的時候——

「桐島～」

宮前沒有擺出面對外人的冷淡表情，而是露出親切的笑容朝我走來。

「你在幹嘛，怎麼在發呆呢？」

「宮前……」

「因為感覺會下雨，我拿了傘過來。話說回來，你真沒品味呢。」

宮前拿過來的是我平時在用的紅色油紙傘，這是因為和深藍色簡便和服相襯的傘只有這一把。

「是說，你打算在自動販賣機前面站多久啊？啊，難不成桐島你沒有買果汁的錢？沒問題沒問題，我來出吧。」

「不，沒關係的，再說這也是我的懲罰遊戲。」

「不必客氣啦，我也想替桐島做些什麼。」

「如果真的是為我好，那就更不應該出錢了。」

宮前替我出錢的方式，不禁讓人聯想到不幸的美女把錢交給沒用男人的場景。

「那我幫你拿吧。」

「用手拿很冷呢。」宮前這麼說著掀起T恤的下襬當作袋子，我把從自動販賣機買來的飲料罐一個接一個地放上去。

因為她掀起T恤的下襬，白皙的腹部和小小的肚臍露了出來。宮前一發現我的視線，隨即滿臉通紅地發起脾氣。

「不、不准看！那個，禁、禁止做色色的事！」

我們一邊這麼交流，一邊朝著公寓走去。

剛剛我心中不安的情緒已經完全消失了。

跟人相處就是這麼回事。

我大一時在孤獨中進行的問答，至今仍未找到答案。但是，唯一可以確定的是，我盡可能地為如今在我身邊的人做些什麼，就只是這樣。

「我也想找個男朋友。」

走著走著，宮前若無其事地說著。

「每次看到有對象的人，都感覺有點羨慕。不覺得能跟喜歡的人心意相通很棒嗎？」

「我也這麼認為。」

宮前似乎在反省自己至今都沒有認真面對他人釋出的好感，她表示之後會認真對待這些感情。

「吶，桐島。」

「幹嘛？」

「就算我交了男朋友，我們還是朋友吧？」

「那當然。」

積極面對戀愛是一件好事。不過，宮前和她酷酷的外表相反，她有些地方很脫線，所以有點擔心她會不會被奇怪的男人拐跑。

「這麼說來，遠野沒有談過戀愛嗎？」

「幾乎沒聽說過呢，不過她大概有興趣吧。剛剛桐島出門買果汁的時候，她一邊在榻榻米上打滾，一邊說著想跟桐島的女朋友，還有大道寺學長的女朋友見面喔。」

「那只是單純的追星心態吧。」

特別是遠野似乎對福田見過小美由紀，自己卻沒見過的事非常懊惱，在榻榻米上使著性子。

對此我稍微想了一下之後開口：

「嗯，帶遠野一起去約會或許也不錯。」

「難得的約會，不兩人獨處真的好嗎？」

「畢竟小美由紀也想跟遠野見面。」

「確實，換做我是女朋友，也會在意男友的女性朋友是怎樣的人。」

「對吧。」

「不過——」宮前繼續說著。

「去約會的話，要花很多錢吧。」

「是這樣沒錯。」

「沒問題嗎？要不要給你一點？我雖然也沒那麼寬裕，但只要增加打工排班，各方面忍耐一下，還是能給桐島一點錢的。」

「宮前……」

千萬別被奇怪的男人拐跑啊！

◇

週末的天氣晴朗。

我穿著體面的服裝，和福田一起來到茶館。說是茶館，但這裡並非那種正式的日本家屋。店內雖然採用和式風格，不過感覺更像是一間時尚的咖啡廳。這裡據說是由一間歷史悠久的茶店經營的。不了解傳統的我和福田喝了一口端上來的茶，雖然分不出差異卻仍然說著「果然京都的茶就是不一樣呢」。

「久等了，準備花了不少時間。」

過了一會兒，遠野走了進來。

穿著一般服裝的遠野給人的印象跟平時完全不同，時髦的上衣搭配寬鬆的褲子，散開的頭髮微微捲起，耳朵上還戴著耳環。看起來不像有在運動的女孩子，而是個徹頭徹尾的漂亮女大學生。

「真是用心呢～」

「因為要跟桐島同學的女朋友見面啊？跟朋友的對象出去玩，可是讓人非常興奮的活動耶！」

遠野也仔細地化了妝。這樣一看，遠野的眼睛細長、身材高眺，毫無疑問地是個美女。凜然又引人注目。但是，內在還是遠野。

「要吃什麼好呢～」

遠野開心地看著菜單。

就在這個時候，小美由紀也走進了店裡。

「初次見面，我是橘美由紀。」

「小小隻的好可愛～～～～！」

遠野大聲叫了出來。雖然從她的角度來看，幾乎所有女孩子都算是嬌小，不過她本人很在意所以我不會講出來。我認為無論是遠野的身高，還是宮前的方言，都是不需要特別在意的優秀特色。

「小美由紀的短髮看起來很清爽呢！衣服也非常時髦！」

「這是舊衣服，因為沒什麼錢……」

「這種高中生的感覺真好呢～」

遠野吵吵鬧鬧地讓小美由紀坐在自己身邊。小美由紀向福田點頭之後坐了下來。

「好久不見了，福田先生。」

「上次是去年的校園參觀日吧。」

「桐島先生會穿普通衣服是託了福田先生的福嗎？」

「是跟住在山女莊的研究生借了衣服。」

大道寺學長出社會的女朋友對他的穿著要求非常嚴格。我在今天出門之前被福田指責不該穿著簡便和服，最後去大道寺學長那裡借了衣服。

「來，小美由紀，這是菜單。」

「不愧是茶館，茶的種類很多呢……遠野小姐要點什麼呢？」

「因為機會難得，我想吃個聖代！」

「來這裡不是只為了會合嗎？」

「那麼，我也跟遠野小姐一起點些東西吧。」

「這間店在社群網站的照片很漂亮，好像很有名喔～」

「我平時就覺得，應該對太過重視拍照，忽視事物本質的現代社會敲響警鐘——」

「小美由紀，這個怎麼樣？抹茶聖代！」

「看起來很好吃呢。中間有紅色夾層所以外表也很好看，是莓果系的醬料嗎？感覺值得一拍呢。」

「確實，抹茶的綠色和醬料的紅色是呈現互補色，視覺上也比較容易產生衝擊——」

「從剛剛開始就有奇怪的人在發表評論呢。遠野小姐，為什麼要帶這種人過來啊？」

「抱歉抱歉，我下次會把他留在家的。」

「今天原本不是我和小美由紀的約會企劃嗎？」

確定也要參加的那一天，遠野立刻就透過我取得小美由紀的聯絡方式，然後兩人一起排好了今天的行程。

她們似乎打算玩個痛快，所以才像這樣從早上就集合。

「好可愛～」

此時聖代送上桌，兩個女孩子都驚訝地叫了出來。我和福田也跟著點了白玉紅豆湯。但是——

「小美由紀，別從我的碗裡撈走白玉。」

「我是個看到別人吃就會想要的，有點壞壞的女孩子。」

「遠野妳也一樣。福田的碗裡也有白玉，稍微考慮一下均衡——」

「快看，抹茶聖代變成抹茶白玉聖代了！」

「我的白玉紅豆湯變成普通的紅豆湯就是了。」

離開茶館之後，我們搭乘巴士和電車造訪了京都的許多地方。

像是兩側擺放著美麗京友禪花紋柱子的小徑，以及圍成四方形的天花板橫樑上，用可愛色調繪製和風圖案的寺廟。

兩個女孩用手機拍個不停，我和福田有時被要求讓開，有時又要擔任她們的攝影師。

「不過她們兩個真是熱衷於追求網美照呢。」

遠野和小美由紀感情融洽地牽著手走在我和福田前面。雖然我們正在前往下一個地方，但她們並未將目的地告訴我們。

「這就是現代的女孩子嗎……」

「畢竟桐島很老派嘛。」

「老派，真是個好說法。」

我沒在用社群網站，因此不太清楚什麼網美之類的。不過，我認為追求這種照片也沒什麼不好的。畢竟她們帶我們去的地方色彩都很鮮豔，再加上京都這個地方的氛圍，有種多采多姿的美感。色彩豐富是件好事，會讓人心情變得愉快。

「我要不要也試著多用一點顏色呢。老是穿著只有深藍色簡便和服，看的人也不會開心吧。」

「你打算怎麼做？」

「像是把衣料換成華麗的女性風格之類的。」

「……小美由紀也真辛苦呢。」

「話說回來──」福田繼續說著。

「謝謝你今天邀請我。」

「畢竟兩個女孩跟一個男生平衡性很差啊。」

「真愛裝傻。是你答應了遠野同學要跟小美由紀見面的要求，然後用平衡性很差當作藉口來邀請我吧。這樣我就能和遠野同學一起出門，桐島你肯定從一開始就想到這一步了。」

「誰知道呢。」

「雖然我刻意沒有點破，但是從東山頂峰麻將決戰那時候開始，桐島就一直是這樣。」

他指的是我們在道路中間和櫻華廈代表比賽麻將時的事。當時勝利的一方追加了能和遠野和宮前兩人一起吃飯的權利當獎品。

「那時桐島你已經知道我喜歡遠野同學了，所以從中途開始就在想辦法取得勝利。」

「那是巧合。」

雖然靠天胡逆轉了比賽，但那是一種從發牌時就已經湊齊的牌型，純粹是靠運氣。不過——

「不對喔。當時桐島是在『做牌』。在發牌的前一個階段，洗牌堆疊的時候動了手腳。當然，那是非常困難的技巧，所以才會在最後一局做出天胡。桐島自從知道遠野同學變成獎品的那一刻起，就一直在做牌了。」

當時福田似乎注意著我的手法。

「其實桐島非常會打麻將，明明是這樣，但卻一直刻意輸掉賠錢。我不知道你為什麼要這樣自虐、壓抑自己。但我希望總有一天能將桐島從這種事情當中解放出來。」

「到時候我和福田兩人會變成最強的麻將搭檔，從西邊的嵯峨嵐山到東邊的山科都會響徹我們的威名。」

「桐島與福田。」

「念起來不太順口耶。」

「司郎與充。」

「感覺不壞。」

「總而言之。」福田露出親切的笑容說道：

「謝謝你替我做這些事，我很感謝你喔。」

我有點不好意思地閉上了嘴。福田很清楚我的想法，所以沒有再多說什麼。

拍攝網美照的最後一站，是個能夠書寫並掛上願望的神社。特別的是，用來寫願望的東西不是繪馬，而是手掌大小的圓形布偶。可以在表面的布料上寫出願望，玩偶分別有紅色、桃色、綠色、藍色和黃色等各式各樣的顏色，整間神社被這些願望和色彩點綴著，變得非常漂亮又可愛。

我在一個螢光綠色的圓形玩偶上面寫了「希望大家都能變得幸福」。

「想去的地方差不多都逛過了呢。」

小美由紀這麼說著。

「最後找間咖啡廳坐吧。」

「上午不是去過了嗎？」

「好主意，去吃聖代吧！」

「一天吃兩個？遠野，這樣會胖——啊、抱歉，我什麼都沒說。」

女孩們想去的咖啡廳清單似乎無窮無盡，我們走進了由另一間茶館經營的咖啡廳。

接著當我們找了張四人座的桌子坐下來的時候——

「那個感覺不太好耶。」

遠野的眼神罕見地變得銳利，那是她在排球比賽中準備殺球時的眼神。

我順著她的視線一看——發現宮前正在和另一個男人兩人獨處。

我立刻明白了遠野所說「不太好」是什麼意思。

因為宮前正低著頭，臉上的表情非常消沉。

◇

我也想找個男朋友。

宮前是這麼說的。另外，她還說自己至今都忽視了男性對自己的好感，今後將會好好面對。

所以不難想像宮前是受到男性邀請跟來咖啡廳，目前正在聽對方說話。

而現在我正坐在宮前後方的位置，跟小美由紀面對面，裝作若無其事地聽著那個男性跟宮前的對話。遠野對此是這麼說的。

「我很擔心小栞。」

「妳認識那個男的嗎？」

「我們是同系的。」

「是會哄騙女人的類型？」

「雖然不是那樣……」

因為她很擔心，我和小美由紀坐在附近的位置守望著宮前的情況。

和男性同系且認識對方的遠野則和福田一起在有段距離的位置就座。

『桐島同學，小栞就拜託你了。如果發生了什麼事請幫助她。』

遠野露出認真的眼神向我使了個眼色。她的手上拿著特大份的聖代，臉頰上沾了鮮奶油。

我一邊喝著烘焙茶，一邊豎起耳朵聆聽後方宮前和男性的對話。

「宮前同學，老實說妳的風評不太好耶。」

「嗯……我知道。」

「我完全無所謂喔，畢竟我不在意這些，但是呢，大家對宮前同學的印象都是會玩弄男生的女孩子。」

「嗯……」

「不過，只要跟我在一起就沒問題了。畢竟我很受大家信賴，只要宮前同學真的想要改變，我可以保護妳。只要我說宮前同學是個好女孩，大家也會理解的。」

「原來如此，是這種類型的人啊。」一起聽著狀況的小美由紀這麼說著。

「我聽說有些男生會不停說著女孩子的缺點，讓她們變得沒自信，再表現出自己是對方的同伴、是最了解對方的人，然後趁機追求。原來真的有這種人啊。不過，宮前小姐看起來經驗很豐富，對這種程度的男人——」

「謝謝你……木村同學相當可靠呢……」

小美由紀朝我背後看了一眼，露出傻眼的表情。

「……難不成，宮前小姐是個笨蛋？」

「有一點。」

宮前從來沒有認真應付過那些對她示好的男性。不過她對此做出反省，並開始認真對待他們。

而就在這麼做之後，宮前變成了一個非常容易被騙的女孩子。

「請看這個。」

小美由紀將手機拿給我看，遠野將那個男生的社群網站帳號傳了過來。

他的名字好像叫做木村。

從他在社群網站上發表的觀點和引用的文章來看，他的想法大致上似乎是這樣的：

公務員是在浪費稅金、少年法應該更加嚴格、領取生活補助的人應該立刻去工作、水性楊花的女人即使遭遇不幸也是自作自受、無論身處怎樣的環境都應該拚命努力考上好大學、引發醜聞的藝人永遠不該復出。

「看來他是個非常正經又強勢的人。」

「不過，他經常用『雖然我不在意』當開頭耶。」

「真是聰明。他很清楚只要這麼說，就能表達自己是個心胸廣闊的男人，同時更能給人自己的意見既中立又客觀的印象。」

他的文章乍看之下很冷靜，但從文字中彷彿能讓人聽見「大家，我說得對吧？」的大聲呼喊。

當我們在看這些社群網站的文章時，木村也依然在打擊宮前的自信心。

「說得嚴苛一點——」

這是常見的開場白。

「我覺得宮前同學很膚淺。雖然妳說自己是因為寂寞才跟很多男人一起出門的，但要是有目標的話就不會有這種想法了。」

「可能是呢……」

「像我為了讓自己成長，有空的時候我會練習英文對話或鍛鍊身體。宮前同學要不要也試試看？午休時間要不要一起練習英文對話？我可以教妳喔。」

不，這種高高在上的邀請方式太勉強了吧。

「……要不要試試看呢。」

宮前太好搞定了吧！

我聆聽著身後的對話，對小美由紀說：

「我擔心宮前會不會被那種亂花錢的男人拐跑把錢騙光呢……」

「感覺她很容易被透過貶低女孩子的自尊心，來試圖控制對方的壞男人給騙走呢。」

「宮前那傢伙肯定把之前的事都老實說出來了吧，說她在反省過去。」

「然後那個男人就趁機說教……明明放著不管就好了說。」

「因為她很一板一眼啊。」我這麼回答著。

「宮前小姐的社群網站帳號，好像都是一些華麗的時髦照片耶。」

「嗯，是這樣沒錯……」

「我覺得這樣也不太好喔。因為在意別人的看法老是注意要拍得好看，反而會漏看事物的本質喔，妳不這麼認為嗎？」

「或許是吧……」

小美由紀注視著我。

「上午我也聽到了相同的台詞呢。」

「……好了，下載完畢。那個，店員，我可以點餐嗎？請給我一份跟那桌身材很高的女孩子吃的一樣的聖代。是的，就是她雙手拿著湯匙在吃的那個。」

過了一陣子，巨大的聖代端了上來。我不停地拍著照。我和那個男人不一樣，大概。

「宮前同學，要不要加入我的社團？待在一起的話我也能在各方面提供幫助。」

「嗯……啊，我最近可能有點忙……」

「上完課之後妳都在做什麼呢？」

「烤魚來吃之類的……」

「我說啊——」

男人傻眼地笑了一下，接著繼續貶低宮前吹捧自己，自信滿滿地說著自己一定能夠正確地引導宮前。

「不過，對不起。我果然還是想去烤魚……像那樣一步步地處理魚很開心……比起社團我還是比較喜歡……」

宮前表現了自己的意志。就在這個時候。

「在宮前同學隨便找的玩伴中，有個男生退學了喔。」

「咦？」

「說是受到了失戀的打擊。妳應該不知道，也從來沒想過吧？就是這樣才膚淺喔。因為想像力不足，導致傷害了別人。要是宮前同學繼續照自己的想法行動肯定又會傷害別人，我認為稍微聽一下別人的建議會比較好。」

「雖然我是無所謂啦。」木村這麼說著。

「如果有個人深深傷害了他人自己卻玩得很開心，大家會怎麼想呢？從社會的角度來看，我想都認為沒在反省吧。不過我很了解宮前同學，所以不會這樣想就是了。」

「沒關係啦，別那麼沮喪。」木村接著說道，他一個人同時扮演著黑臉跟白臉。

「宮前同學想要改變對吧？我可以幫妳喔？大家經常找我商量這方面的事，宮前同學要不要也試著聽我的建議呢？」

「桐島先生。」坐在對面的小美由紀小聲地說。

「差不多該去幫忙了吧？」

「嗯……」

我點了點頭，心情有點沉重。

見到我的模樣，小美由紀「咦～」的一聲叫了出來。

「難不成是受到打擊了？聽到過去曾經傷害某人，現在自己卻享受著生活之類的話，讓你聯想到高中時的自己受到打擊了對吧？」

「沒有……」

「這不是完全中招了嗎……」

「不要緊的，我會救出宮前。她會接受那個男人邀請陷入這種境地，大概是我的錯。」

「為什麼呢？」

「我曾經叫她別被奇怪的男人拐跑。」

「所以她才會跟和『奇怪的男人』截然相反，乍看之下很正派的大道理先生出門嗎……真、真是沒有看男人的眼光……」

過去做出過分事情的人是否可以開心地過生活呢？至今我仍然沒有找到這個問題的答案。但是，我有理由去幫助沮喪的宮前。

希望大家都能變得幸福。

我這個願望的「大家」範圍並不廣泛，但其中當然包含了宮前。

於是我從座位上起身，走到宮前身邊開口：

「一起回去吧，宮前。」

宮前一瞬間對我的出現嚇了一跳，但立刻就露出吸著鼻水泫然欲泣的表情說著：

「桐島～一起回去吧～」

宮前真的很失落呢。

「那我們走吧。」

我只對那個叫做木村的男人說了句「抱歉」，便打算帶著宮前離開這裡。

就在這個時候。

「嗚喔！你不是桐島嗎？」

木村露出了驚訝的表情。在近距離見到他的長相，我也明白了。

這個叫做木村的男人是我高中時的同班同學，看來他似乎跟宮前和遠野上了同一所大學。由於他也知道那件事，所以維持驚訝的表情說了：

「咦?桐島，你明明做了那種事，卻還跟別的女人混在一起?也該適可而止了吧。」

在那之後的時間流逝十分曖昧。

實際測量或許很短也說不定。但對我而言就像永遠一樣漫長。

木村對我感到生氣。

「你為什麼能那麼平靜，是不覺得自己做錯了嗎?」「是想逃到京都，當作什麼事都沒發生過?」「換作是我，肯定沒臉面對世人了。」「宮前知道嗎?肯定不知道吧。」「宮前，我不會害妳，但還是別接近桐島吧。」

我一直以為木村是別有用心，為了將宮前誘導到自己身邊才會像那樣講著大道理。不過，至少在面對我的時候，他是強硬且認真地相信正義的。

「高中時大家都很生氣喔?就是因為你做了這種世人來看絕對不正常的誇張行徑，嗚哇、真是無話可說、難以置信。」

他沒有說出「我是無所謂」這句話，是真的在生氣。可能是因為就讀同一所高中，讓他對被我傷害的兩人抱有真實感也說不定。

老實說，我覺得木村的憤怒和意見是全自動產生，被包裝好的。其中沒有感受到他的任何想法。正因如此，才顯得強硬又正統。他肯定沒有深深傷害過其他人吧。正因此才能這麼強烈地責備別人。

而能夠做出這種事情的木村，的確是正確的。

要說會傷害他人和不會傷害他人的人哪邊比較好的話，自然是不會傷害他人的人。即使那是缺乏想像力得出的正確答案，但如果能夠不傷害他人還是比較好。

我的確不喜歡木村的說話方式。

他總是用世人、大家當作主詞。

『所謂的世人，不就是你嗎？』

這是出自太宰治《人間失格》裡的一句話。

讀高中的時候，我對那種用世人當作主詞說話人感到很不滿。覺得這種拿世上的正確性當擋箭牌說話的人沒在思考，才是錯誤的一方。

但是，我的價值觀落敗了。要是我相信世上的正確觀念，照著那種觀念去做事，高中二年級的那件事或許就不會發生了也說不定。

「桐島，回去吧～我想回去了～」

宮前露出不安的表情拉著我的袖子。

我已經不清楚帶宮前回去究竟是否正確，甚至產生了宮前跟著木村比較好的想法。這是因為我做出了「從世人來看一點都不正常」的事。

我完全無法回嘴，沒有任何能夠反駁他的理論。

接著木村再次轉頭看著宮前說：

「不，其實我是不想說的，畢竟總覺得談論別人的過去很沒品，不過就算是為了宮前好，我也應該說出來。我是真的不想說的，但為了宮前我還是要說，這傢伙啊——」

話說到一半，木村突然停了下來。這是因為遠野不知何時來到了我們身邊。

遠野表情平靜地將臉湊近我，接著用我的襯衫擦掉了沾在臉頰上的鮮奶油。這件襯衫是大道寺學長的。

「咦？遠野同學為什麼在這裡？」

遠野用手指確認自己臉上已經沒有奶油之後，接著轉頭看向木村。

下個瞬間。

木村發出巨大的聲響，從椅子上摔了下來。

遠野用力揍了他一拳。

木村滾到地上，對剛剛發生的事顯得十分動搖。

「咦？不是，呃、咦、咦咦？」

接著他一邊用手摀著被揍的臉頰，一邊結結巴巴地開了口：

「呃、那個、該怎麼說，暴、暴力是……不對的吧……」

雖然他的理論非常完美，但似乎完全沒料到會發生這種事。這在現代社會感覺很普通，我也是這麼想。

「不是，暴力……是不正常的東西吧……」

木村露出傻眼的表情說。

遠野看著自己的拳頭。

「這不是暴力。」

然後她稍微扭動脖子，思考了一下之後開口：

「是遠野拳。」

「……的確。」

我也表示同意。

這不是暴力。

「是遠野拳。」

◇

這天晚上我在離開澡堂時拿起手機一看，發現收到了大道寺學長傳來的訊息。內容是詢問要不要去大學操場的邀請，平時的那些成員似乎也在。

於是我一泡完澡就騎著腳踏車前往大學。雖然時間很晚，但研究大樓依舊燈火通明，社團大樓也能聽見樂器的聲音。

當我來到校園的深處時，大道寺學長正蹲在操場的正中央，擺弄某種可疑的物體。遠野、宮前和福田則在不遠處呆愣地看著他。

「在做什麼呢？」

聽我這麼問，蹲在地上的宮前抬起頭來。

「聽說是要發射火箭。那個真的能飛上宇宙嗎？」

「大概只是飛得很高，然後就會打開降落傘掉下來吧。」

大道寺學長在高中時參加過火箭發射比賽。他曾經讓我看過那時候的影片。當時他是將裝有火藥式引擎的圓筒點心罐冒著白煙射上天空，那是一場比較滯空時間的大賽。

今晚的發射大概也是類似的東西吧。不過火箭的主體不是點心罐，而是個高度到我腰際的圓筒。

「桐島，今天真的很抱歉。」

宮前這麼說著。

「明明你們還在約會，幫我跟小美由紀道個歉。」

「沒關係的，小美由紀也很高興，還說『看到了一記漂亮的右直拳』呢。」

送她去車站的時候，小美由紀也這麼說。

『或許我也像那樣譴責桐島先生比較好也說不定。但是，我做不到呢。畢竟都在和桐島先生做這種事了。』

然後，來過山女莊的她，也知道我的抽屜放著幾封沒有署名的信，以及放著能夠購買東京單程車票的錢。

『但是，那或許不需要了也說不定。我認為大家都在向前邁進，那麼事到如今又能說什麼，還有什麼是必須說出來的呢？今天，看到桐島先生被一群好朋友圍在中間，我產生了這種想法。』

我回味著她的話語。

夜風吹過，抬頭上方是滿天的星空。

那個時候，木村正要說起我的過去，遠野打斷了他。無論是遠野還是福田，應該都很清楚我犯下了某種不可告人的錯誤才對。

但是，他們至今仍舊若無其事地守望著大道寺學長的作業。

朋友就應該無話不談，這就是信賴。而沒有這種定型、死板的想法，就是他們兩個的深度。帥氣的側臉。

我和福田對上視線，他看著我和宮前，露出溫柔的微笑開口：

「如果不能原諒過去傷害過他人的人，我認為自己應該不可能和世上的任何人成為朋友。而且，世界上也不會有任何人當我的朋友。」

這就是一切的理由。

我有些害羞地低下頭去。

在我們這麼交流的時候，大道寺學長做好準備，朝我們跑了過來。

「要上嘍～！」

他這麼說著按下手中的按鈕，火箭下方冒出大量白煙，幾秒鐘後，隨著打開碳酸寶特瓶的聲音，火箭發射了出去。

裝在火箭前端的紅色燈光向著夜空不斷爬升。

簡直就像前往無盡天空的路標一樣。

我們目不轉睛地注視著火箭。

「一直沒有掉下來耶。」

「畢竟那可是第十三號測試機呢。」

大道寺學長說著。

「十年後的我，大概會搭上真正的火箭飛向宇宙吧。你們十年後會做什麼呢？」

真是個困難的問題。就算有目標也不清楚是否能夠達成。自己想要成為怎樣的人，或是會變得怎樣之類的。

福田也發出「嗯～」的沉吟聲。

但遠野卻不同。

「十年後我也要不停的吃！像是便利商店的新產品，還有各地新的著名點心！」

「喂～這樣不對吧～」

大道寺學長說道。

「是在說那種宇宙性的，類似將來的遠大夢想之類的東西啦～」

「那麼十年後，我就在下面看著大道寺學長發射的火箭吧。」

「宮前～現在是要大家分享各自目標炒熱氣氛的時候，我就是為了這個目的才發射火箭的～」

宮前完全無視大道寺學長，說著「我想到了個好主意」。

「十年後，大家一起去種子島吧。然後一起看火箭發射。」

說這句話的宮前表情簡直就像個少女一樣。

「好主意！」

遠野也跟著激動了起來。

「雖然現在沒錢，但十年後我應該也可以去。」

福田也有興趣。

宮前很開心的看著大家。

「約好了喔！」

「那是指我的火箭嗎？」

「只要大家聚在一起，是誰的火箭都無所謂吧。」

「更重視我一點啦～」

宮前不理會露出苦瓜臉的大道寺學長，拉著我的袖子說著：

「桐島，約好了喔？」

我「嗯」了一聲當作回答。

十年後我們會做什麼，現在還不清楚。隨著時間流逝、季節更迭，人際關係和現在抱持的感情一定也會產生變化。或許我們五個會各奔東西，在不同的地方過著自己的人生也說不定。

但如果十年後，同樣的成員能夠聚在一起，一起觀看火箭發射的話，那將是一件非常棒的事。

我是這麼想的。

第4話　友情

京都有個叫做祇園祭的著名祭典。是在每年七月舉行，由裝飾非常豪華絢爛的花車——在此稱作山鉾——來進行遊行。而它的前夜祭叫做宵山。

宵山非常熱鬧，當地會變成行人天堂，街道兩側吊著無數燈籠還有許多攤販，準備遊行的山鉾會被點亮放在各個地方，以夜空為背景佇立著的山鉾充滿威嚴又華麗，雖然有種神祕感，但又莫名地讓人覺得有趣。

在這個響著祭典音樂的宵山夜晚。

我穿梭在身穿浴衣的人群中，在京都裡奔馳。

「桐島同學～請等一下～！」

「喂，遠野！別跟過來，快回去！」

但是遠野毫不理會，一直追了過來。

「你怎麼跑那麼快啊？明明沒什麼體力！跑步姿勢還超奇怪的說！」

「別那麼自然的嗆我啦！」

唯獨今晚我絕對不能停下來。

逃跑的我。

緊追不捨的遠野。

要說事情為什麼會變成這樣，故事得稍微回溯一下。

「咦？桐島，你被揍了？」

「嗯，被小學生。」

我跟福田聊著天。

這是傍晚我一如往常地在山女莊和櫻華廈之間的私人道路上準備烤魚時所發生的事。今晚的收穫是海鰻，是大道寺學長特地跑去海邊釣回來的。當我點出這筆交通費或許能直接買海鰻切片時，大道寺學長露出了非常悲傷的表情。

「是在哪裡？」

「正是在這裡被揍的。」

幾個小時前，當我上完大學的課回來時，山女莊前站著一名小學生。是個瀏海切齊，穿著短袖短褲的男孩子。

這個看起來很有家教的小學男生看到我之後開了口：

『你就是和服男吧。』

『在這附近，我的確是這個形象。』

『制裁！』

小學生男孩朝著我的下腹部揮出一拳，然後人就跑離了現場。接下來的幾分鐘，我蹲在地上痛苦掙扎著。

「那個小學男生，我見過很多次喔。」

「在哪裡？」

「便利商店。」

去買冰的時候見過幾次。或許是有在上補習班，他總是揹著一個很大的書包。

「然後是用電子付款。」

他總是「啪！」的一聲用力把ＩＣ卡拍在感應的地方。

「當時我很震驚，覺得自己比小學生還落伍，所以我記得很清楚。」

「畢竟桐島到現在都還是現金主義嘛。」

「這叫老派。但是，為什麼小學生會揍我呢？」

「你總有一天會知道的。」

「什麼意思？」

「桐島應該偶爾挨一下揍。」

福田笑著這麼對我說。

「話說回來，小學生就能去上補習班真幸福耶，畢竟很多東西是要人教才會知道的。」

福田沒有上補習班和升學班就考上大學，這在朋友之間很有名。當然，其中他一定付出了不少心力。

「你弟弟也是自學嗎？」

我這麼問著。

福田有個弟弟，印象中今年應該要考大學才對。

「嗯，所以我想把自己用過的參考書寄過去。桐島如果有不要的書也可以給我嗎？我想盡量幫上弟弟的忙。」

「雖然無所謂，但新聞不是說今年的考試方式會做出一點調整嗎？」

「這麼說來的確是呢，既然如此還是不要用舊教材比較好……」

當我們聊著這些話題的時候，大道寺學長端著芥末醋味噌走了過來，然後看著我們處理好的海鰻說道。

「海鰻光是剖開是不夠的，還要切骨才行。」

大道寺學長開始用菜刀在海鰻身上一點一點地切著，在這段期間，我們像平常一樣生火、放好鍋子、把水煮沸。

當海鰻川燙結束後，我們將其跟紫蘇葉放在一起擺盤。我拿起手機，不斷地拍著照。

「雖然我喜歡配芥末醋味噌吃，但加上梅子肉配色會比較上相嗎……」

「那樣就失去本質了桐島……」

味道方面，不僅口感恰到好處，清爽的味道讓芥末醋味噌更加鮮明，正是適合夏天享用的一道料理。

「這麼說來遠野怎麼了？夏天的海鰻是最棒的拍攝素材吧？」

聽我這麼說，福田開口回答：

「遠野同學開始打工了喔。」

「那傢伙也有社團活動要忙吧，什麼時候開始的？」

「上週開始的。在大道寺學長提到關於祇園祭和海鰻祭的那天，她就開始用手機APP搜尋了喔。」

大道寺學長說祇園祭雖然有海鰻祭這個別稱，但他從來沒見過有人用這個方式來稱呼。

然後，我們約好要一起參加祇園祭。

儘管沒有出現需要花錢的話題，但遠野是個貪吃鬼，所以可能想盡情享用海鰻也說不定。據說在貴船的納涼床上享用的海鰻非常美味，但價格似乎非常昂貴。

「遠野是在哪裡打工呢？」

「在麵包店幫忙。」

我想像著身穿白衣服，戴著廚師帽的遠野。雖然只能想像出她在偷吃的情境，但總覺得這畫面很適合她。

「最近，桐島的房間前面偶爾會放著麵包吧？」

「嗯，會有裝著很多麵包的紙袋，真是幫大忙了。」

「畢竟麵包店的麵包基本上只能賣一天，所以能帶很多回來。」

「那原來是遠野的回禮嗎。」

「桐島，你會吃來路不明的東西啊……」

此時福田說著「今晚早點睡吧」並站了起來。

「其實我也增加了打工。」

「是這樣嗎。」

「宮前同學也排了比以往更多的班。」

似乎是因為很忙，她才沒有來一起吃魚。

「這是掀起了打工潮嗎？」

不管怎麼說，福田比我先知道遠野在打工是個好兆頭。

這代表兩人聊了很多，感情也愈來愈融洽。

「桐島。」

大道寺學長彈著馬頭琴當飯後消遣並開了口：

「你也去打個工比較好吧？」

遠野他們突然開始打工。

究竟是打算把錢用在哪裡呢？

但無論如何——

「明白了。我桐島司郎也去打工吧。」

◇

我每天都在做著短期打工維持生計，而這次我選擇的是百貨公司的特賣區。那裡開了一間臨時的和服店，我在那裡擔任店員。

雖說是店員，但因為我不會幫忙穿和服，因此主要工作是商品的擺放和陳列。

由於客人很少，整個店裡只有只有我和一名戴著紅色眼鏡的大姊姊。

大姊姊身穿色調樸素的和服，顏色和她的眼鏡十分搭調。我則是穿著平時的簡便和服。當時我就這樣參加面試，並當場被錄用了。

「桐島，今天把這些布掛上去吧。」

在大姊姊的吩咐下，我將布匹一件件掛在店門口的衣架上。

「桐島，把這些腰帶整理好。」

我整理了腰帶。

「桐島，去買果汁。」

去買了果汁。

「桐島，幫我揉肩膀。」

被年長大姊姊使喚的感覺其實並不壞，而且因為完全沒有客人，大多時候都是在跟她閒聊。現在這個時代，買和服的人非常少。

我一邊去大學上課，一邊在百貨公司的特賣區閒聊。

這是在日常生活中，某天發生的事。

當我一如往常地在跟大姊姊閒聊時，店裡罕見地來了個客人，是個年輕的女孩子。

「桐島，接待客人！」

我帶著臨時抱佛腳的和服知識，自信滿滿地走向女孩子，盡可能裝出優雅的聲音跟她搭話——

「咦？桐島為什麼在這裡？」

「什麼嘛，是宮前啊。」

「居然說『什麼嘛』，很失禮耶……」

宮前露出不開心的表情，是冷淡模式。

「然後呢，為什麼桐島會在這裡？」

「我在這裡打工。畢竟最近大家都很忙，我一直都跟大道寺學長兩人獨處。」

「哼嗯。」

宮前在看的是浴衣區。

「這是正式和服店的浴衣，所以很貴喔。」

對大學生來說價格有些昂貴。但是，宮前說她想要一件正式的浴衣。

「我也跟遠野聊過了。畢竟機會難得，就買件好一點的吧。」

「難道是為了祇園祭？」

「要拍照還是穿正式點的浴衣比較好吧。」

遠野會開始去麵包店打工也是為了這個緣故。因為聊到了海鰻的話題，還以為她是為了在貴船的納涼床上吃海鰻才會開始打工的，不過比起嘴饞她似乎更重視外表。

「如果有浴衣的話，夏天就能穿著它到處跑了吧。」

畢竟難得來京都嘛，據說她曾經和遠野聊過這個。

「你覺得哪種花紋好呢？」

宮前依序看著浴衣的花紋圖案。

「今年流行的花紋是——」

我做起各式各樣的說明，但宮前似乎有什麼不滿，只是一味地盯著我看。

「顏色搭配的話——」

宮前一副有話想說的樣子。

「搭配的腰帶——」

或許是終於忍不住了，宮前用生氣的口吻說道：

「我才沒問這個！我問的是桐島喜歡的花紋！」

「……菖蒲吧。」

宮前露出在想些什麼的動作之後開口：

「算了。要是桐島在的話，試穿感覺會被偷窺。等你不在我再跟遠野一起來。」

她這麼說完就快步離開了，究竟是怎麼回事啊。

「不好意思，讓客人跑走了。」

「沒事、沒事。」

大姊姊這麼說著。

「只要想辦法把貴得要命的和服，賣給看起來很有錢的太太就行了。」

想當然耳，我沒能達成這個條件。作為代替，我要在下班後跟大姊姊去喝酒，她要求我陪她喝一杯。

當然，我們都沒什麼其他的企圖。

她邀請得很自然，我也自然就答應了。

我們去的是一間有賣炸串的美味居酒屋，是上班族能開心喝酒的店。身穿和服的我們也完美地融入了這陣喧鬧之中。

大姊姊喝醉之後，講述了她和從大學時期交往的男友分手的故事。

似乎是因為工作之後變成遠距離戀愛，再加上彼此的休假沒辦法配合的緣故。

並不是因為情意變淡或是出軌之類的理由分手，而是非常現實的理由。以此為前提，戀人就變成了能夠更換的東西。不如說因為工作沒那麼容易找到替代品，因此是否能夠兩全其美似乎就變成了找對象時的條件。

這並不代表大姊姊是個冷淡的人。她在高中的時候，肯定也談過那種令人輾轉難眠的戀愛才對。而是在長大成人之後，變得愈來愈現實。

高中時期，感覺戀愛是特別的。但是在長大成人，經歷多次戀愛之後，或許會將它視為會反覆出現的現象來看待也說不定。

我有點懷念高中的時光。

那種明明在同一間教室，男女之間卻保持著絕妙的遙遠距離感。

隱藏在檯面下的諸多戀情。

我現在也依然能感到當時的餘韻。每當看到穿著制服的高中生，就會忽然湧現出追逐那些日子殘影的心境。如果可以，我也不想短期打工，而是想在某間酒吧一邊聽著音樂，一邊擦玻璃杯或是削馬鈴薯皮。

戴眼鏡的大姊姊付完錢之後，我向她道謝並告別，帶著些許傷感踏上歸途走向車站。

坐在夜晚空蕩蕩的電車上，莫名地有種非常寂寞的心情。不過，我還有可以回去的地方。

下了電車走在夜路上，木屐的聲音今晚格外淒涼。所謂的回憶真是種麻煩的東西。

我稍微加快腳步，山女莊和櫻華廈的燈光映入眼簾。

但是，就在轉過馬路準備進入私人道路時，我停下了腳步。

因為福田和遠野正站在公寓前面，兩人似乎聊得很開心。

遠野把頭髮紮在後面身上穿著運動服，或許是剛跑步回來，也可能只是她平時的裝扮。

無論如何，兩人感情融洽是件好事。

我轉過身，打算散步一會兒再回家。

往東邊走，來到哲學之道，聆聽著琵琶湖疏水流動的聲音，朝著南禪寺方向走去。

大家正逐漸長大成人。

我也變得能毫無盤算地跟比自己年長的女人去喝酒了。或許有一天，我也能非常輕易地掌握愛情，將它視為現實的一部分也說不定。

正因如此，我才想珍惜福田那純粹的愛情。

無論是福田還是遠野，他們的側臉上都還留著青春期的稚氣。

這個季節，對我們這個世代的人來說，或許是最後能純粹面對愛情的機會也說不定。

想到這裡，只要是為了讓兩人愉快地聊下去，在夜路上閒晃根本就不算什麼。

可是——

幾天之後，福田說了：

「我打算放棄對遠野同學的感情。」

◇

這是在距離祇園祭的前夜祭，宵山還有幾天前發生的事。

我和福田一起騎著腳踏車登山，來到溪邊釣魚。目標是要釣到虹鱒。我們從樹木影子延伸的岩石上放下釣線。

我們兩個都結束了短期打工。在樹蔭和蟬鳴聲中悠閒度日，回歸了平時的日常生活。

「你為什麼要放棄追求遠野呢？」

我這麼問。

福田臉上依然掛著微笑回答著：

「我讀的是農業高中。」

那是一所幾乎只有男生的學校，位於農田中央，幾乎沒有機會和女孩子接觸。

「我在那裡種植蔬菜、照顧馬匹，跟所謂的高中生戀愛幾乎完全無緣。跟同學一起看青春電影的時候，都笑著說那只是幻想喔。不過，這並不代表我沒有喜歡的人。」

當時似乎有個每天早上跟他乘坐同一輛電車的女孩子。

「現在回想起來，或許是身邊只有那個女孩，我才會喜歡上她也說不定。不過當時我是真心喜歡她。那女孩在電車上總是在看小說。雖然是在鄉下，但她看起來很時尚，有都市感。」

她會看什麼書？跟朋友會聊些什麼？是否擅長運動？上課的時候認真嗎？會不會意外地喜歡托著臉頰呢，當時的福田似乎想知道關於她各方面的事情。

「你沒能跟她搭話呢。」

「換作桐島做得到嗎？」

「大概很難。」

如果交往會是怎樣的感覺？大學會去讀哪裡？如果是同一所高中的同班同學，能不能當朋友呢？時間就在他這麼想的時候匆匆流逝。

「上大學之後，我總是看著從對面大樓走出來的遠野同學。就跟高中的時候一樣，我以為這段關係也會只在一直旁觀中結束。」

但是，事情並非如此。

因為我在東山頂峰決戰打麻將的時候作弊，創造了他跟遠野的交集。

「桐島埃里希這個男人真是不簡單。」

福田半開玩笑地笑了出來。

「我和遠野同學已經能正常聊天，一起度過了許多時間，還一起出門過，接下來也能一起出去。這是很大的進步，而這樣也就足夠了。」

這個時候，福田的釣竿產生了彎曲。

魚上鉤了。因為是河魚，所以拉力並不強勁。當他將魚拉到水面後，我用網子將其撈起並拔掉鉤子，將魚放入浸在河裡的網子裡讓牠游泳，首先是第一隻。

「依照剛剛的說法。」

我看著福田釣起來的虹鱒開了口。

「並不構成福田放棄遠野的理由。」

「的確是呢。」

福田再次裝上魚餌，揮竿放下魚線，接著像是死了心似的說著。

「就跟宮前不跟桐島說『喜歡』是一樣的理由喔。」

「……你在說什麼呢。」

「要是裝傻過頭，又會被那個小學生揍喔。」

我稍微想了一下之後開口：

「宮前的打工是在補習班當老師嗎？」

「就是這麼回事，她在教小學生。我系上的朋友跟宮前同學在同一個補習班裡當老師。依照他的說法，宮前好像很受歡迎。特色是偶爾會說出幾句方言，以及抱怨一個老是裝傻的和服男。」

那個看起來很有家教的男孩子大概很喜歡宮前老師，而那位宮前老師似乎對和服男很不滿，所以才代替她來制裁我。

「我知道宮前多少對我抱有好感，但是，她之所以不對我說出『喜歡』，是因為我有小美由紀這個女朋友的緣故。但遠野她沒有男朋友，所以不能當作福田放棄的理由。」

「不是那樣的。」

「宮前同學不表達好感，不是因為桐島有女朋友。」福田這麼說。

「而是因為不想破壞我們五人現在的關係。宮前同學非常重視前陣子我們許下的十年後的約定。」

「也就是說，福田也想珍惜我們現在的關係，所以才決定不帶入戀愛情感。」

「就是這樣。」

戀愛還是友情。

這是個很常見的命題。

「雖然我尊重福田的意願——」

我能夠理解他不想破壞舒適的場所，而選擇友情的想法。

確實，我能夠想像要是團體內出現戀愛關係，告白被拒絕的話會變得很尷尬，或是即使發展順利之後卻分手，導致大家分崩離析的情況。

但是——

「但我覺得這裡頭有點怪怪的。」

「咦？」

「友情會因為帶入戀愛感情而被破壞，真的是這樣嗎？真的是這麼簡單，非黑即白的二選一嗎？」

因為我喜歡這個團體，所以不能喜歡上那個女生，不能跟她交往。

在電影和電視劇中，經常會出現這種橋段。但真的是這樣嗎？這難道不是為了故事而準備的，簡單易懂的糾葛嗎？

就像在自我陶醉的故事中，任何事物都會被描繪得很美麗的純愛一樣。

同樣的，戀愛和友情的命題，也只不過是故事中常見的一種糾葛模式罷了。

我坦率地對福田說出了這個想法。

「把自己帶入這種模式裡真的是正確的嗎？要認真面對某人，正視自己的心情，就不應該陷入這種框架，而是該仔細思考才對吧。」

「桐島……」

「我們的關係並不是在演電影或是電視劇。坦白說，我並不清楚福田的感情是否能夠成功。但是，在友誼中帶入戀愛情感，跟友情是否會破裂，我認為完全是兩回事。」

當然，要是事情不順利的時候陷入框架自暴自棄的話，事情就會變成那樣。不過，我們並沒有那麼簡單。

要是遠野說「雖然發生了這種事，但我不在意」的話？

如果福田即使被甩也能笑著帶過的話？

「我們既不是兩小時的電影也不是一本小說。就算被甩，氣氛變得尷尬，故事不會就此結束，也不會播放片尾清單。大道寺學長大概會說『你們兩個別在意了』，我和宮前也會幫忙打圓場。」

所以——

「必須為了友情壓抑戀愛情感，我認為不必有這種想法。」

聽我這麼說，福田「呵呵」笑了出來。

「我說了什麼奇怪的話嗎？」

「不，我很高興。」

福田說著。

「有種初次認知到桐島靈魂的感覺。」

接著輪到我的釣竿動了。當我將虹鱒拉到水面附近時，福田用網子將其撈起，將魚放入浸在河裡的網子，再次將魚線裝好魚餌放進水裡。

「桐島說得沒錯。」

福田握住自己的釣竿，悠閒地等待著並開口：

「不必想得那麼極端。只要向遠野同學傳達自己的心意，如果不行，就當作沒發生過就行了。當然，能不能做到要看我的努力。」

這時候福田看著河川，有些害羞地說了：

「我喜歡遠野同學。」

我認為這是非常尊貴的感情。

「雖然桐島可能覺得她是個貪吃又搞笑的角色，但她是個很棒的人。」

福田似乎也會在她排球比賽時去聲援。

「遠野同學會露出凜然的眼神高高跳起，那時候的她非常犀利。但每當隊友失誤時，她會恢復成原本溫和的氛圍，用笑容鼓勵她們。我覺得那樣的她非常美麗。」

接著我們沉默了一會兒。

沒有魚上鉤，只有時間不斷流逝。

「馬上就要到宵山了呢。」

福田這麼說。

「嗯，真期待呢。」

「我打算向遠野同學表白。」

「當天我會設法讓福田跟遠野兩人獨處的。」

雖然約好要大家一起去，但只要假裝走散悄悄消失就行了。

「宵山很有氣氛，我覺得很不錯喔。遠野好像也買了浴衣，福田就穿浴衣跟她同行吧，還可以兩人一起拍些好看的照片。」

「關於這件事。」

福田露出有些困擾的表情。

「我會穿普通的衣服參加。」

「……福田不是為了這個目的才打工的嗎？」

「嗯，雖然是這樣，但我買參考書寄給弟弟了。畢竟在我考大學時弟弟幫了家裡很多忙。」

「是嗎。就算身旁的人沒穿浴衣，遠野也不是那種會覺得沒氣氛的人，所以完全不用在意，不過——」

我放下釣竿，從腳踏車前面的籃子拿起一個紙袋走了回來，並將它交給福田。

「桐島從一開始就料到會變成這樣了嗎？我還在想你為什麼要去和服店打工呢。」

「畢竟福田你不會收下現金嘛。百貨公司的特賣區結束時，他們說可以把廢棄品帶回來。雖然是去年的款式，但那只是在講花紋的流行所以沒問題吧。」

我交給福田的東西。

是一件男用浴衣。

◇

然後到了祇園祭的前夜祭，宵山。

我打算擔任戀愛的助攻王，向福田送出完美的最後傳球。

夏天的夜裡，身穿浴衣的兩人搧著扇子走在一起，我本來打算營造這種場景的——

「桐島同學，請等一下！到底是怎麼了！」

「別追過來啊！」

卻變成了我跟遠野的追擊戲碼。

在祭典的音樂聲中，我穿過單手拿著刨冰，開心散步的人群，在成為行人天堂的四條通上由東邊向西奔跑。

壯觀的山鉾從眼前經過，郭巨山、月鉾、函谷鉾、長刀鉾。

遠野的腳程比我快，換作平時她一定立刻就能追上我。但由於遠野穿著不習慣的浴衣和木屐，關於穿和服我還是比較有經驗的。

「為什麼～？為什麼～？」

「別管了妳快點回去，遠野～！」

為什麼事情會變成這樣呢？

首先，我們在太陽開始下山時出發去參加祭典。遠野和宮前都穿著浴衣，拿著附帶籃子的手提包，打扮成了典型充滿日本夏季風情的女孩子。宮前穿的是有著向日葵花紋，色調明亮的浴衣。

包含福田在內的三人都穿著浴衣，不過我和大道寺學長則是穿著簡便和服。大道寺學長雖然將山女莊傳統的簡便和服傳給了我，但他即使穿回了普通衣服好像也依然忘不了那種舒適感，因此偷偷買了一件。順帶一提，據說大道寺學長的女友在知道這件事之後，露出了非常苦澀的表情。

總而言之，我們五個就像這樣一起走在路上吃著蘋果糖，或是在山鉾前面拍攝好看的照片傳到社群網站上。

遠野和宮前似乎都很開心。她們用扇子遮住嘴角露出笑容的側臉，頭髮盤起，纖細的髮絲垂在耳邊，頸項清晰可見。

在眾人沉醉在祭典氛圍到一定程度的時候，我覺得差不多了。

趁遠野和福田抬頭看著山鉾的時候，我和大道寺學長在一旁互看一眼點了點頭。

「去買炒麵吧。」

我這麼說著，打算也帶著宮前一起離開現場。但是——

「你們要去哪裡？」

遠野注意到了我們。

「去買個炒麵……」

「咦，我要吃，我也要去買！」

這樣一來作戰將會失敗，逼不得已，我們幾個跑了起來。

「宮前，要跑嘍！」

「為什麼？為什麼啊？」

雖然嘴上這麼說，宮前依然跟了上來。

麻煩的是遠野也跟了過來。就算要她跟福田一起等著，她也完全聽不進去。我已經跟福田說好，等我們離開之後，就用我們遲遲沒回來，自己走累了當作理由，邀請遠野去鴨川沿岸坐著等。就是那個情侶們會保持一定距離坐著出名的鴨川沿岸。在祭典的夜晚，相信這種來者不拒的氛圍，戀愛的氣氛一定能讓兩人間更加熱烈。

「就在這裡甩掉遠野吧。」

來到十字路口之後，大道寺學長說著。

「我直走，桐島往左，宮前去右邊！」

「我們要怎麼會合？」

「我會彈馬頭琴，你們就聽音樂集合吧，今晚肯定能聽得很清楚。」

「咱完全搞不懂耶……」

宮前不解地偏著頭。

「散開！」

我們就這麼在十字路口散開，但由於遠野追著我跑，以京都的夜晚為舞台，我們兩人的你追我跑大會就此揭開序幕。

姊、三、六角、蛸、錦。

烏丸、室町、新町、西洞院。（註：上述為京都路名。）

我們繞著棋盤狀的道路到處奔跑著。

「快點回去，遠野！再這樣下去，我的完美京都計畫（Perfect Plan）就要泡湯了！」

「那是什麼啊！」

「跟妳沒關係啦！」

所謂的完美京都計畫（Perfect Plan），是我到大學畢業為止的行動計畫。

現在我們五人處得非常融洽，產生了能稱作友情的東西。而在戀愛方面，我和大道寺學長都有女友，非常穩定。至於剩下的三個人，我打算先幫助福田的戀情。這方面需要本人的意願，不能強求。但是，我會盡可能地提供協助。萬一不行的話，我也會打圓場讓事情不變得難堪。

關於宮前，雖然她對我有點太過親近了，不過她有打算找男朋友，因此我會幫助她不被奇怪的男人哄騙。

我在這裡扮演的角色是影子，是所謂的配角。

但我這麼做是為了大家的幸福，更重要的是沒有爭端，也不會傷害任何人。這是為了讓京都生活變得完美的計畫，所以無論如何都必須將其完成。

或許是多虧了這種堅定的決心，遠野的聲音變得愈來愈遠。

她的速度慢了下來。

跑贏了，當我這麼想著回頭一看——

我並沒有被追上，而是自己停下了腳步。

這是因為……遠野她打著赤腳。

確實，從中途開始只有遠野的聲音傳來，沒有聽見木屐的聲音。而且光腳在這種柏油路上奔跑，應該會非常痛。

腳底板不都已經滲出血了嗎。

我這麼想著，但遠野卻眼角泛著淚光，面帶微笑地說。

「嘿嘿……終於追上你了。」

◇

我揹著遠野走在路上。

因為她身材比我高，揹的瞬間我忍不住說了句「好重」，結果後腦杓挨了一記頭槌。

接著我們走了很久，遠野的木屐掉在地上。看來她似乎光腳跑了很長的距離。我讓遠野坐在路邊，去藥局買了消毒藥水和ＯＫ繃。

遠野似乎對被碰腳的事情感到害羞，但最終還是把腳伸了出來。她的雙腳既白皙又十分柔軟，同時腳底有非常多的擦傷。

「對不起喔。」

我消毒傷口，在滲血的地方貼上了ＯＫ繃。

「很痛沒辦法走路，揹我。」

遠野這麼說著，於是我又揹起了她。

福田他們在做什麼呢？或許聚集在四條通也說不定。當我想到這裡時，遠野慢慢地開了口：

「……不是要去買炒麵嗎？」

「……嗯。」

被我揹著的遠野靈巧地伸出手跟路邊攤買了炒麵，在我背上吃了起來。

「桐島同學也要吃嗎？」

她從後面用筷子夾住炒麵遞了過來。

「那是我的臉頰啦。」

「別客氣，請用。」

「所以說那是我的臉啦。妳生氣了？該不會是生氣了吧？」

這種交流也在吃完炒麵之後結束，我們紛紛沉默了下來。
因為不知道該說什麼才好，我揹著遠野順著人潮走著。
「去那邊吧。」
「那是祭典的反方向喔？」
「……走吧。」
聽遠野這麼說，我們逐漸離開了道路中心。
祭典的喧囂逐漸遠去。
寧靜的夜晚道路。
遠野的溫度從背後傳了過來。她柔軟的頭髮隨風擺動，觸碰著我的頸部。
在夜色中，我不斷感受著遠野的氣息，以及她每次呼吸都會上下起伏的胸部。
遠野確實存在於這裡，就在我的背上。我一直感受著她感情的輪廓。
然後過了一會兒，我開口說道：
「前面什麼都沒有喔？」
「……有五条大橋。」
「回去吧，大家在等我們。」
我將遠野放了下來。雖然她看起來有些鬧彆扭，但當我踏出步伐，她也慢慢地跟了上來。
「腳還會痛嗎？」
「貼了ＯＫ繃所以不會。」

我們沿著來時的路返回。

「比賽時福田有去幫妳加油吧。」

「嗯。」

「他是個好男人。」

「是啊，我覺得他是個好人。」

遠野已經能正常走路了。

「福田的老家是務農的。」

「有聽說過。」

「妳知道他為什麼讀農學系嗎？」

「……今晚很熱呢。」

「好像是為了讓父母工作輕鬆點，想開發出難以被蟲蛀，能結出許多稻穗的水稻。」

「在鴨川稍微乘涼一下再回去吧。」

「這麼顧家的男人可不多見。」

「我口渴了。」

我們維持著一定的距離走在路上。

兩人的木屐聲迴盪著。

「最近他還買了參考書送給弟弟。」

「桐島同學。」

「不只是家人，福田對任何人都很溫柔。」
「不用再說了。」
「我感冒的時候，他會拿藥跟冰枕過來。」
「請你稍微安靜一下。」
「我會想成為一個能溫柔對待，為他人付出的人，都是因為有福田在。」
「這種話真的夠了。」
「要交男朋友就該選福田吧。」
就在這個時候。

「真是的！桐島同學這個笨蛋！」

背後傳來了輕微的衝擊。
是遠野將手提包扔了過來。
回頭一看，遠野露出了一副快要哭泣的表情。
接著她瞪著我，生氣地開了口：
「桐島同學明明一直都很清楚我喜歡你的心意！」

正是如此。我一直都很清楚。在去為排球比賽加油的那天，遠野在回程的電車上倚靠在我身上睡著了。但我發現了那是裝睡，她緊張到臉頰都變得通紅。其他還有許多類似的場景，但是——

「但我有女朋友了……」

「才沒有！橘美由紀這個人根本不存在！」

遠野情緒激動地說著。

「不，真的有這個人……」

「就算真的有，也只是名字而已，是假的女朋友！」

「我們四個人一起出去玩過吧……」

「那個人不是橘美由紀，再說她根本不是高中生！她只是桐島同學為了證明那個只有名字的女朋友真的存在，而特地請來的替身！」

當時為了拍好照片，我們四個去了很多地方玩。其中包含了需要付參觀費的寺廟。因為有學生優惠，我們拿出了學生證。據說她就是在那時候發現的。

那個跟我們玩在一起的矮小女孩——

「她是濱波惠小姐！」

第4.5話　重逢

「喂————！」

濱波大吼出聲。

「結果還不是被發現了嗎————！」

這是下午，在大學的學生餐廳裡發生的事。濱波的聲音大到杯子裡的水都在震動。

「不，畢竟被看到學生證的人是濱波。」

而且在那次約會之後，遠野聯絡了假扮成小美由紀的濱波。最後她在遠野的壓力下屈服了。

「最後全部招供的人也是濱波嘛～」

「咦？是我的錯嗎？意思是錯在我身上嗎？」

「不是嗎？」

「當然不是啊————！」

確實如此，濱波只是又被牽連了而已。

「就是因為桐島學長老是搞些像是假女友之類的小聰明，事情才會變成這樣！真是學不乖！桐島學長的計畫完全就是在裝神弄鬼！絕對會失敗的！」

「話說回來————」濱波繼續說著。

「遠野小姐這不是對桐島學長喜歡得一塌糊塗嗎！」

「是這樣嗎？」

「就是這樣！」

在被迫說出一切的時候，濱波有了相當可怕的回憶。遠野是個偶爾會訴諸武力的頑皮女孩。

「這跟說好的不一樣吧！學長原本是說覺得女性朋友對自己有好感，所以要我營造出有女朋友的感覺才對吧！」

我的確是這麼拜託濱波的。希望透過表示自己有女友，讓戀愛有所進展前平穩地讓對方放棄。

「不，我的想法也是『騙人的吧！』喔？但是，她是真心的，充滿少女情懷地喜歡學長呢。而且！這種『喜歡』從很久以前就開始了對吧？」

沒錯。

我跟遠野的第一次交談——那並不是在升上大二的四月，那場讓遠野成為獎品的麻將對決之後。

而是在一年級的冬天。

在被福田拯救之前，我還像個魚乾一樣在公寓房間裡被圍成一圈的書堆包圍時，發生了一件事情，讓我察覺了遠野對我有好感。

「你當時就謊稱自己有女友了嗎？」

「是啊。」

那時為了不讓她對我有那種想法，我只想隨便編個名字說自己有女朋友，想跟戀愛的種種保持距離。而當遠野問起女友的名字時，我脫口說出了「橘——」。或許是高中時的記憶閃過腦海。自從文化祭之後，每當有人問起，我都是這麼回答的。但我沒能說出那個名字，連忙改口說成了「橘美由紀」。

「用實際存在的人物真是太好了呢，畢竟在謊言中加入一些真話，就會增加真實感。」

「說是高中生也很不錯。只要說是全寄宿制學校管理很嚴格，就能當作見不到面的藉口。」

但是，這不可能一直隱瞞下去。

知道福田也喜歡遠野之後，就更有必要積極地讓遠野放棄對我的好感。另外，因為我們五人變得經常聚在一起，導致我明明宣稱有女朋友，身邊卻完全沒有女朋友氣息的事情有可能會被發現。

於是我想到了讓遠野和我的女友見面的計畫。由於遠野是個好女孩，只要一起出去就一定能和對方處得很好，因此能夠預見她會認為不能喜歡上跟自己感情融洽女孩子的男友，努力斬斷對我的感情。

問題在於橘美由紀是個只有名字的女友，我跟她本人也沒有聯絡。但很幸運的是，沒有人知道橘美由紀的長相，因此能夠找替身，我也有候選對象。

對方是我的熟人，而且遠野他們不認識她，是個就算假扮高中生也很自然，外表不怎麼成熟的女孩子。

「換句話說，就是濱波。」

「可惡～！」

濱波不甘心地拍了桌子。

我在升上大二時，注意到一個熟悉的女孩子在大學的校園裡走動。

她跟我一樣進入了京都的大學就讀。我本來沒打算跟對方搭話，這是因為我高中時多少給對方添了點麻煩。但是事到如今也沒辦法，於是我找了個好時機，對走在路上的濱波說了聲「嗨」並輕拍了她的肩膀。

「呀啊啊啊啊啊啊啊啊啊啊！」

相隔多時的重逢，濱波顯得非常感動。

「不過，沒必要這麼吃驚吧。」

我平時就是用這種打扮大搖大擺地在大學的校園裡走著。

「我以為妳已經發現我跟妳讀同一所大學了說。」

「誰會發現啊！要是面前有個穿簡便和服的怪人走過來，正常人都會為了不對上眼別開視線的！」

濱波當時全力拒絕了我的請求。但是當我說出自己不想和任何人談戀愛之後，她露出了有些嚴肅的表情，並表示如果是這樣的話，她願意試著扮演趕走女性的角色。雖然福田有可能發現濱波也是同一所大學的學生，但並沒發生這種事。只要能夠騙過遠野就行了。

四人約會的時候，濱波用時尚的古著系服裝打扮自己，遠野不停地稱讚她很可愛。遠野大概覺得她是個沒錢的高中生，透過古著搭配穿衣風格來體現時髦感吧。但實際上只是濱波因為獨自生活所以沒錢而已。而且要是認識橘美由紀的話，肯定知道對方不是那種會穿古著的人才對。

「不過沒想到會在京都重逢呢。妳跟吉見還順利嗎？」

「我們關係很穩定，不必擔心。」

濱波正在和她的青梅竹馬吉見交往。因為吉見似乎去了關東的大學，所以屬於遠距離戀愛。但由於他們在一起的時間很長，因此好像沒什麼問題。

「別管我的事了。」

「害羞了吧。」

「更重要的是，學長打算怎麼辦？」

濱波在桌子底下踢著我的小腿說道。

「桐島學長假裝視而不見呢。」

「妳指什麼？」

「學長在跟我提到遠野小姐和宮前小姐時，總把她們形容成兩個滑稽的女孩子。但實際上，根據我見面的印象，她們兩個都是非常有魅力的女孩子。」

或許是這樣也說不定。

因為想維持我們五人的友好關係，所以我會用滑稽的方式和兩人相處。姑且不論這種做法究竟是否正確，但我認為這樣並不公平。不僅會產生偏見，也不會有人希望自己被人這樣誤解吧。

「我明白桐島學長的心情。回顧過去，你選擇不想談戀愛的立場看起來非常合理。」

「但是另一方面——」濱波繼續說著：

「我認為即使重新喜歡上某個人，以人類的感情來說也是非常自然的。」

當然，像木村那樣拿「世人」或「大家」當主語的人們，大概會對你重新喜歡上別人的事情做出強烈否定吧。

「但是——」濱波說著。

「至少遠野小姐的想法應該是希望桐島學長能夠變得樂觀，並在此基礎上好好接受她的感情，不是嗎？」

第5話　返鄉

「全部都是桐島的錯。」

宮前這麼說著。這是在國內線飛機上發生的事。她說有件無論如何都希望我能幫忙的事，要我空兩天出來。我隨口答應，結果就被帶到了機場。

此刻我們正前往九州，旅費似乎是由宮前支付的。據說宮前的親戚為了那件「無論如何都希望能幫忙」的事給了她一筆錢。所以我們毫無顧忌地在光鮮亮麗的機場吃了很多好吃的東西，然後搭上飛機。

「遠野一直都只注視著桐島喔。」

隔壁位置的宮前這麼說。她坐在窗邊，一直看著窗外。

「無論是穿著很清涼的衣服，還是去觀摩麻將，都是在桐島在的時候對吧。」

我回想起從特賣區打工回來時的事情。當時我看見遠野和福田在公寓前聊天。那個時候遠野身上的確不是背心和短褲，而是一整套的運動服。

「我們一起去幫排球比賽加油的時候也一樣。當時女排隊的所有人都圍著福田，但沒有去搭理桐島。大概是隊員間有著不能對遠野喜歡的男孩子出手的默契吧。」

「找女排社的朋友和福田大學朋友們一起出去吃飯的事也是一樣。」宮前這麼說著。

「那時候我沒有被找去。」

「那是當然的啊。男女一起吃飯不就跟聯誼差不多了。當然不會想帶自己喜歡的男孩子一起去嘛。」

「遠野找宮前商量過嗎？」

「我答應要協助遠野的戀情。」

這就是遠野來山女莊的時候，宮前總是跟她在一起的原因。

「原來如此，宮前本身對我們不感興趣啊。」

「慢著，別講成那樣啦。」

宮前轉過頭來，看起來很生氣地說著：

「只有一開始是那樣，現在我是真心想跟大家在一起。不然才不會跟你一起搭飛機呢。」

不過，此時宮前的臉變得通紅。

「剛才那句不算！這樣感覺就好像我喜歡桐島一樣！可別誤會了！」

真是個自己忙成一團的傢伙。

宮前喝了點水，稍微冷靜下來之後說著：

「畢竟我支持遠野的戀情，也把桐島喜歡的浴衣花紋告訴了她。」

我在特賣區打工的時候，曾經對宮前說過自己喜歡菖蒲花紋。

但是宵山那天，宮前穿的是向日葵花紋的浴衣，穿著菖蒲花紋的人是遠野。

「遠野試穿了所有菖蒲花紋的浴衣，一直很在意桐島會怎麼想喔。畢竟她非常期待能和桐島一起逛宵山呢。」

「可是啊──」宮前踩著我的腳說道。

「你卻想把她推給福田，那當然會生氣啊。」

看來我的行動全都被發現了。

「你把遠野晚上會去便利商店的時段告訴福田，然後自己就不去了吧。」

「嗯。」

「其實桐島會在那裡遇到遠野並不是偶然喔。是遠野看準桐島去那邊站著看書的時間，特地去跟桐島見面的。」

這樣回程就能一起在晚上散步，她似乎只是單純期待著這件事。

「這樣啊。因為她老是買蛋白棒，我還以為這是她的習慣……」

遠野是指定強化選手，到了這個水準，蛋白棒這種東西要多少廠商似乎都會主動提供。那麼，說起她多買的蛋白棒究竟上哪去了──

「那些全部都是我在吃喔！」

我開始想像在櫻華廈的房間裡，宮前獨自一人不停地吃著遠野塞給她的蛋白棒。這景象真是詭異。

「對不起。」

「先不說那些玩笑話了。」

宮前擺出以往沒見過的認真表情開口：

「遠野有點可憐呢。自己的心意一直被無視，還被對方試著引導去喜歡上其他人。因為她性格積極正面所以不會表現出來，但如果換作是我，大概會生氣或哭出來吧。」

聽到這些話，我也感到難受。

因為遠野確實生氣也哭出來了。

我回想起宵山那天的夜晚。

桐島同學明明一直都很清楚我喜歡你的心意！

在那之後，遠野又說：

「桐島同學是個騙子！」

她吸著鼻子，強忍著淚水。

「說什麼成為一個能為他人付出的人嘛。這不是完全不肯把我真正想要的東西交給我嗎！桐島同學只不過是一個差勁的馬頭琴混蛋而已！」

「我拉的是胡弓。」

「是什麼都無所謂啦！」

結果，她沒能忍住淚水，哭著一個人走了回去。我沒能去安慰她。遠野希望的是我能夠追上去，牽著她的手向她道歉，兩人在京都的大街上吃著棉花糖一起散步。但是我不清楚自己是否想這麼做，或是這麼做真的好嗎。

因此我只是目送著她的背影離開。那件浴衣是她花費心力，為了這天特別挑選的。要是揹著遠野走在路上的時候，能讓她多少覺得幸福就好了。總覺得這麼想的自己既膽小又卑鄙。

自從那天以後，遠野就沒有再來過山女莊，或許是不想看見我的臉吧。似乎也沒有回櫻華廈，而是輪流在朋友家借宿。

「我既是遠野，也是桐島的朋友。」

宮前把身體深深地沉進坐墊裡說著：

「雖然不想太過偏袒任何一方，但我希望桐島能稍微多考慮一下遠野的感受呢。」

抵達福岡機場時已經過了中午。

這是我第一次來九州，有種不可思議的感覺。這裡有著不同於東京和京都的獨特氣息。

「你是想說這裡有豚骨的味道嗎？」

「不，是更加正面的——」

「桐島，你這樣是跟博多的所有居民為敵喔。」

我想表達的是人與人之間的距離，或是走路的速度不同等感覺方面的東西。當然也有放在店裡的東西或是氛圍等文化上的差異。總而言之，感覺就是這些細微部分的差異，營造出了這塊土地上特有的節奏感。

而且，從童年到青春期，宮前都是在這塊土地上度過的。

宮前是在我不認識的土地上，用我不知道的節奏成長。來到福岡之後，我確切地感覺到了這件事，有種奇妙的感覺。

我們從機場搭乘西鐵，往久留米的方向前進。

電車的座位很寬，坐起來非常舒服。

「宮前搭過這班電車吧。」

「高中去博多玩的時候經常搭喔。」

列車開上鐵橋，河床很寬，從車窗看到的景色無邊無際，非常壯闊。

「你肯定覺得這裡是鄉下吧。」

「怎麼會，我只是覺得這裡看到的天空比我高中時看到的景色更寬闊罷了。」

「絕對是在捉弄人。」

「宮前，將來到東京時不要昏倒喔。」

「我討厭桐島！」

列車經過久留米，抵達了最近的車站。在這裡下車的人只有我們。畢竟本來就幾乎沒人搭乘這班電車。接著我們乘坐巴士，前往宮前的老家。

我們在公車站下車，走在有田地和石牆的坡道上。

夏日陽光照耀著宮前的金色頭髮，她身穿清爽的白色連身裙，和湛藍的天空十分相襯。

「這裡就是我家。」

是一間平房式的日本家屋，也就是俗稱的日本古宅。

「好了，別客氣請進吧。」

房子非常寬敞。

隔扇將榻榻米分成了好幾個房間。從外走廊能夠看見精心整理的花花草草。總之她把我帶到了一個有圍爐的房間擺放行李。

「我去泡茶，你等一下喔。」

宮前說完後便前往廚房，將我獨自留在房間裡。雖然聽說她是被祖母扶養長大的，但現在似乎沒有人在。

忽然，我看到一根有著細微刻痕的柱子。走近蹲下一看，發現刻痕旁邊還寫上了小小的字。

栞、五歲。栞、六歲。栞、七歲。栞——

是宮前的成長紀錄。

「是奶奶在每年生日幫我畫的。」

宮前端著放有茶杯的盤子回到房間裡。

「總覺得很不可思議，畢竟桐島就在我家嘛，就好像進入了回憶裡一樣。」

宮前這麼說著露出笑容。

我們一邊喝著茶，一邊在冷氣房裡的榻榻米上滾來滾去地消磨時間。

而現在，我們坐在外廊上晃著雙腳，坐在一起享用著papico冰棒。

就像是一對年輕男女。庭院裡能聽見蟬嘈雜的鳴叫聲。

「感覺挺懶散的，這樣沒問題嗎？不是說有件無論如何都要我幫忙的事？」

「嗯。那是明天的事，今天就好好休息吧。」

宮前的肩膀碰到了我的肩膀。

兩人的距離感變得很近。在機場走路的時候也是一樣。身體不斷接觸，感覺她隨時都可能挽住我的手臂。

我看著宮前的側臉。

仔細一想，宮前真是一個無可挑剔的美女。她有著標緻的五官、白皙的肌膚，略帶藍色的眼眸和金色的頭髮。從連身裙中稍微隆起的胸部曲線也非常有魅力。

我對這些全部視而不見，無論遠野還是宮前，其實都是非常優秀的女孩子。但我卻把她們當作有趣的女孩子來看待。

我知道自己這麼做的理由，也覺得這樣就行了。

我們五人就像夥伴一樣，相處起來很舒服。

但是，那或許是我的自我滿足也說不定。

事實上，遠野就拒絕了我擅自加諸在她身上的形象。她還說希望我能認真看待她的心意，面對真正的她。

於是這裡就出現了一個問題。

桐島司郎還能談戀愛，能夠喜歡上別人嗎？

舉例來說，我是否能夠愛上宮前，是否能擁抱她？

客觀來看，我應該能夠做到。跟宮前待在這種情況下，換作一般男人，肯定會很開心地去觸碰她吧。

「幹、幹嘛，一直盯著我的臉看。」

察覺我視線的宮前這麼說。

「桐島，看過頭了啦！」

宮前臉頰變得通紅。

接著我們沉默了一會兒，總覺得氣氛變得很曖昧。沒錯，我一直以來都是為了避免這種情況才打馬虎眼，裝作沒看到許多事情。

自從教宮前騎腳踏車之後，我知道她對我有著某種程度的好感。

而現在我們正一起旅行，兩人獨處。換作一般的大學男生，肯定會想像接下來的發展吧。

就算伸手觸碰宮前，那也是很自然的事。尤其是她還主動貼了過來。如果對象是宮前的話，就算有其他心儀對象的男性變心也一點都不奇怪。

我的心中還留有戀愛情感嗎？還是已經消失了呢？又或者即使還存在，但為了讓自己看起來改變了很多，不自然地將帶有情慾的東西進行削減了？

為了加以確認，我產生了想抱住宮前的想法。想確認自己是否還留有當時的情感。

而或許是我的想法傳達了過去。

「我……可以喔。」

宮前的左手畏畏縮縮地接近，試圖重疊在我放在外廊的右手上。

沒錯，我們都是大學生了。就算隨興地做這種事應該也沒關係。不如說這種狀況下什麼都不做反而比較不自然。

但就在即將碰到之際——

「果然不行！」

宮前這麼說著，離開了我身邊。

「桐島，你剛剛想摸我的手吧！」

「咦？」

「在機場走路的時候也是，一直都想貼過來。」

「我嗎？」

「桐島是個壞男人呢。」

「妳還真是能從驚人的角度冤枉人呢。」

「桐島應該好好考慮一下遠野的心情啦！」

宮前心中似乎也有許多糾葛。

「我根本就不喜歡桐島……雖然作為朋友是很喜歡，但也只是那樣而已……我會從其他地方交男朋友的……」

宮前的聲音說到一半愈來愈小，到最後幾乎聽不見了。

她的側臉看起來有些寂寞。

「……別被奇怪的男人拐走嘍。」

我能說的只有這個。

「知道了啦。這次我不會著急，會先等到成為朋友，好好了解對方之後再做決定。」

也就是先從朋友開始的意思。比起突然開始交往，能夠認識對方的時間很長，可說是個安全的方法。

「不過，宮前不知道怎麼交朋友吧？」

「嗯，所以去找大道寺學長商量，他給了我這個。」

宮前不知道從哪裡拿出了一本大學的筆記這麼說著。

「我有種不好的預感，這是什麼？」

「《朋友筆記》。據說是曾經住在山女莊的人寫的，裡面似乎寫著能交一百個朋友的祕訣喔。」

「在莫名其妙的時機點出現了莫名其妙的東西耶！」

宮前從大道寺學長那裡聽到的內容是這樣的。

以前曾經有位新生搬到了山女莊。由於他高中時期只顧著用功讀書，所以沒有朋友。於是，他要在大學的時候交到一百個朋友——這麼想著的他深入思考了有關朋友的概念，透過經年累月的不斷研究，最終完成了這本記錄著如何交朋友的筆記。

我思索著。

如果想交朋友的話，在研究之前應該有很多更簡單的事情能做吧。

「據說製作這本筆記的人——」

「智力有一八〇對吧。」

「你為什麼會知道？」

「我就覺得是這樣。」

也就是東邊有《戀愛筆記》，西邊有《朋友筆記》的意思吧。

「這本筆記上收錄了用來交朋友的遊戲，據說只要一起玩，無論什麼人都能一口氣變成好朋友。」

「宮前，冷靜點聽我說。我猜得出來，那本筆記大概一點都不正經。」

「桐島，一起玩玩看嘛。」

「不行。還是去想其他辦法吧，我可以陪妳商量，好不好？」

「要玩哪個好呢～」

「宮前，明白的話現在立刻把那本筆記交給我。」

「只要玩了這個，我跟桐島的感情也會變得更好對吧？」

「妳有在聽我說話嗎？」

見我一直不肯答應，宮前逐漸變得無精打采。

「那就算了。」

她這麼說著，拿著筆記不知道要上哪去。

「看來桐島覺得我一點都不重要呢。」

宮前的側臉十分哀傷，使我胸口感到疼痛。宮前難得積極地想和我以外的人交朋友，就這麼答應她才比較符合情理不是嗎。

想到這裡，我的身體擅自擋在宮前面前。

「嘿等等！」

然後朝宮前打開的行李箱看了一眼。能看見裡面放著幼兒園小孩常穿的水藍色上衣和茶色短褲，以及黃色的帽子和書包。

「那個是……」

「大道寺學長要我帶來玩朋友遊戲的。」

雖然很想說：「給這什麼東西啊！」但事已至此也沒辦法。我一鼓作氣換上了幼兒園風格的服裝，是正常的成人尺寸。

「啊哈。」

宮前噗嗤一聲笑了出來。

「桐島興致勃勃的嘛。」

宮前一直都因為交不到朋友而感到寂寞。雖然不知道《朋友筆記》是不是真的有效，但或許具有實用性，能幫助她交到朋友也說不定。這樣的話──

「只是試著玩玩看而已喔。」

「嗯！」

宮前開心地點點頭，去隔壁房間換好衣服走了回來。她的上衣跟我不同是粉紅色的，然後下半身是茶色的裙子，帽子和書包則同樣都是黃色。

宮前將帽子壓低遮住了害羞的表情，看起來十分可愛。而至於我的打扮就不用說明了。

那麼準備得差不多了──

「就來嘗試看看。」

「玩玩看吧！」

於是我們就這麼玩了起來。

◇

〈幼兒園大學生〉。

這是我們玩的朋友遊戲名稱。

《朋友筆記》的作者提出了一個假設，「朋友之間的羈絆是透過共享經驗而形成的」。在談論朋友時，往往都會從時間長短來進行說明，像是從小學或是從國中認識的。這是因為大多數人都認為在一起的時間愈長，關係就會愈深。這點從青梅竹馬這個詞也能看得出來。

〈幼兒園大學生〉是一款能讓大學才認識的兩人，從幼兒園開始當朋友的遊戲。

作者的想法很單純。

只要一起體驗幼兒期會做的事，創造出共通的擬似記憶，就能跟小時候認識的朋友建立同樣的關係。於是我和宮前打扮成幼兒園孩童的模樣，開始進行寫在筆記上的幼兒園生的活動。

「小桐、小桐。」

宮前呼喚著我。

她踩著高蹺。因為庭院很大，可以毫無顧忌地玩耍。

「快點過來～」

我也踩上高蹺，吃力地走了起來。

「小桐，來這裡！」

宮前似乎很擅長踩高蹺。她靈巧地駕馭著，在院子裡繞著圓圈來回走動，我跟在她的後面。

「小宮，等一下啦～」

「這邊這邊。」

小宮頑皮地露出笑容。我為了追上她拚命地踩著腳下的高蹺，但因為不熟練，很快就跌倒了。

膝蓋被磨破皮，流了好多血，很痛。

「嗚哇～好痛喔～！」

「小桐，你沒事吧？」

小宮跑了過來。然後說著「等一下喔」跑進屋子裡，拿了個急救箱回來。

「我幫你貼ＯＫ繃，不可以哭喔。」

「嗯！」

小宮的笑容非常燦爛，我看了之後也覺得心頭一陣溫暖，疼痛的感覺也在不知不覺中消失了。

後來我和小宮玩了很多遊戲。像是鬼抓人、一二三木頭人、推擠遊戲、還牽著手不停轉圈直到鬆手相視而笑。

就算我很遲鈍，小宮依然很開心。幼兒園時的我因為跳繩跳得很差勁，大家都對此露出了失望的表情，所以我一直覺得很難過。可是，小宮即使跟我這種人在一起也會露出笑容。

「光是能一起玩，我就很開心了！」

小宮這麼說著露出笑容，我覺得小宮非常溫柔，是個很棒的女孩子。

「小桐，我們永遠都是好朋友對吧！」

「嗯！」

「約好了喔！來打勾勾！」

來到九州之後，我開始思考這就是宮前長大的土地，看著畫在柱子上的身高刻痕，想像著宮前小時候的模樣。

就彷彿想像中的宮前出現在眼前一樣，她過去就是這樣的一個女孩子。我也有種找回童心的感覺。

這個女孩在我不知道的土地上，度過了我所不知道的時光。

我想知道那究竟是什麼情境。畢竟我們已經實現了如果認識，一起生活的話或許就會變成這樣的「假設」。

一對大學男女穿著幼兒園小孩的服裝，用「小桐」、「小宮」來稱呼對方，看起來就像是地獄般的景象。不過只要忽視這點，這就是個令人懷舊的好遊戲。

《朋友筆記》的作者或許和《戀愛筆記》的作者不同，是個非常認真、誠實、天真爛漫的人也說不定。我是這麼想的，但是——

「小桐，你在哪～？」

「鬼小姐這邊，往拍手的地方走！」

在玩「蒙眼鬼抓人」的時候我發現了。

除了一開始的踩高蹺之外，包含鬼抓人、推擠遊戲和其他全都是要進行肢體接觸的遊戲。這個叫〈幼兒園大學生〉的遊戲，難不成——

正當我這麼想的時候，遮住眼睛的宮前走向曬衣竿，差點撞了上去。

我連忙抱住了宮前。

「桐島……抓到你了……」

「嗯……」

宮前緊緊抱住了我。時隔數年，我又碰到了女孩子的身體。宮前身體的輪廓和觸感透過衣服傳了過來。雖然是幼兒園生的打扮，但她的手腳修長，儼然已經是個成年人了。

蒙著眼睛的宮前，白皙臉頰染上了淡淡的紅暈。

時間靜止了下來。

暮蟬鳴叫著。

宮前纖細的手臂環抱著我的背後。我很清楚這種感覺，這種被對方接受，期望著的感覺。令人非常舒服。

我們暫時這樣過了一會兒，然後——

「桐島，不行啦……我們是朋友……」

宮前這麼說著移開了身體。即使脫下眼罩也依然低著頭。

「差不多到這裡告一段落吧？」

聽我這麼問，宮前搖了搖頭。

「……不，繼續玩吧。來變得……更親密一點嘛。」

筆記上的下一個遊戲是「手指相撲」。

我們並肩坐在外廊上，握住對方的手，手指扣在一起。

宮前一直低著頭，看起來十分害羞。雖然「手指相撲」聽起來很可愛，但實際上就是互相壓對方手指的遊戲。

她的手指白皙又漂亮，我逐漸用手指壓了上去。

「桐島，不行……這麼用力的話……啊……不行……要輸了……」

宮前看起來甚至像是刻意想讓自己輸掉。

我移動視線，可以看見她裙襬底下那白皙修長的雙腿。因為裙子很短，從大腿到腳尖全部一覽無遺。

看著她的手指和雙腳，宮前的身體逐漸在我心中清楚地成形了。她不再是我們五個人的其中之一，也不是被我擅自認定塑造出來，天然呆又有趣的女孩子。

而是個叫做宮前栞，既漂亮又對我抱持好感的女孩子。在察覺到我的視線之後，她伸手壓住裙襬想要遮住卻完全沒能如願，只好露出害羞的表情。

「桐島……」

宮前眼神濕潤地抬頭看著我。

「睡午覺……」

「……是呢，差不多到了午睡的時間了。」

我們走進房間，在榻榻米上鋪了一床棉被，一起躺在上面睡覺。

毛毯也只有一張，我們一起蓋在身上，保持著不會碰到彼此肩膀的距離，閉上眼睛深呼吸。可是——

「桐島……我睡不著……」

「講話會被園長罵喔。」

「那樣的話，就蓋著棉被玩遊戲吧。」

因為她這麼說，我們兩個全身都鑽進了毛毯裡。宮前的臉就在眼前，長相標緻的女孩子貼得這麼近，任誰都會感到緊張。不過宮前的臉也紅通通的，看起來一點都不從容，讓人不由得想要捉弄她。

宮前或許有著某種會想讓對方這麼做的特質也說不定。

「要玩什麼呢？」

「『顏色鬼』。為了不挨園長的罵，就躲在棉被裡玩吧。」

「好。」

「顏色鬼」是一種必須觸碰指定顏色的遊戲。因為只有兩個人，所以採用的是其中一方必須找到並觸碰另一個人指定顏色的規則。

「白色。」

我這麼說著，宮前摸了床單。

「黃色。」

宮前這麼說，於是我觸碰了蓋在頭上的毛毯。當然，這場「顏色鬼」並不是為了這個目的。自從「蒙眼鬼抓人」那時候開始，我們就已經徹底意識到了對方的身體，所以——

「水藍色。」

當我說出自己上衣的顏色時，宮前變得滿臉通紅。接著在稍微猶豫一下之後，下定決心似的抱住了我。

「好、好害羞……」

她這麼說著將臉埋進我的胸前，呼出熾熱的氣息。然後，宮前保持這個姿勢，小聲地開了口：

「……粉紅色。」

我緊抱住宮前，她也用力地抱著我。

我們暫時就這麼抱在一起。在毛毯裡感受著彼此的呼吸和體溫。

最後，宮前小聲地說著。

「……金色。」

宮前這麼說，我撫摸著她的頭髮。隨後宮前就像真的變成幼兒園小孩一樣，露出撒嬌的表情，反覆不斷地說著。

「……金色……金色……」

我不斷撫摸著宮前的頭。隨著我的動作，宮前逐漸融化，像是失去了理智一樣。

但是——

「這樣不行啦……我是遠野的朋友……要是跟桐島做這種事……會對不起遠野的……已經約好要幫她了……都約好了說……」

她不停這麼說著。

「吶，桐島為什麼要謊稱自己有女朋友呢？為什麼要做這種事來疏遠遠野呢？想追遠野的男生可是很多的喔？」

「那是因為——」

我稍微吐露了一點真相。說自己過去曾談過一場糟糕的戀愛，以及不知道自己現在是否能夠喜歡上人，和自己是否有資格這麼做。

聽我這麼說，宮前說道：

「那樣的話……用我來試試看就行了。」

「試試看？」

「我覺得桐島只是強硬地壓抑了自己的感情而已，這麼抗拒戀愛實在是太不自然了。」

「所以啊——」宮前繼續開口：

「就用我來測試吧，試試看自己能不能喜歡上女孩子。我認為一定沒問題。」

宮前這麼說著，更緊密地貼了上來，滿臉通紅地夾住了我的腳。

「這只是單純在玩遊戲，沒有背叛任何人，是只在這裡做的事。所以說，就對變成幼兒園小孩的我做很多惡作劇，來測試看看吧。」

在我冒出「後半好像不太對勁吧？」的想法之前，宮前開了口：

「皮膚色。」

聽她這麼說，我摸了摸宮前的臉。她的氣息十分濕潤。接著宮前再次說出了皮膚色，我本來打算再次摸她的臉，但卻被她拒絕了。於是我摸了她的頸部。之後宮前反覆不斷地說著皮膚色，我摸遍了她的手和腳，掀起衣服撫摸腹部，觸碰著她的大腿。由於能夠觸摸的部位愈來愈少，我也摸了她的大腿內側。感受著她滑嫩的肌膚，以及柔軟的觸感。

到了這個地步，宮前的身體變得灼熱濕潤，毛毯裡也充滿了熱氣。

「……粉紅色。」

我再次抱住了宮前的身體。

事實正如宮前所說。

我明明發生過那種事，明明認為自己那麼抗拒戀愛。但光是像這樣跟宮前擁抱，內心就有種非常舒服的感覺。

跟人擁抱是如此美妙，被人抱有好感果然是一件很棒的事。

我很清楚肌膚的溫度，內心深處也如此追求著。但我卻強硬地壓抑著這種感情。也許每個人都想喜歡上別人，也想被人喜歡。

有種謊言被拆穿的感覺。

「謝謝妳，宮前，差不多該結束了……」

但是——

「灰色……」

宮前已經失去了理智，眼神空洞自言自語地說著。

乍看之下，毛毯裡並沒有這種顏色。但是已經摸遍宮前身體的我，知道哪裡能找到這種顏色。

「不，那樣實在是……」

「灰色……」

因為被我摸遍全身的緣故，宮前徹底失控，完全打開了開關。

「我們只是在玩『顏色鬼』而已，又沒有做什麼奇怪的事。只不過是在玩幼兒園小孩的遊戲而已。」

看來現在要是不做，她是不會善罷甘休的。

「可以嗎？」

聽我這麼問，宮前轉頭將半張臉埋進枕頭裡點了點頭。

跟外表相反，宮前是個純真的女孩子。總覺得只要主動一點，她應該就會逃走了，所以——

我將手伸進宮前的衣服裡，觸碰那塊灰色的布。

「啊……討厭……桐島……桐島……桐島……」

「這樣……果然不行啦……我們是朋友嘛……而且……這樣子好難為情喔。」

「怎麼辦……這樣對不起遠野……這樣子，對遠野……」

「桐島……喜歡你……啊……這樣子，好棒……桐島……人家，一直很喜歡你。所以，其實是想當你女朋友的……啊……還要、還要……」

◇

湛藍的天空下，院子裡的曬衣竿上曬著白色的床單，隨風飄揚著。

我們坐在外廊上看著這副清爽的光景，全身無力的宮前倚靠著我的肩膀。

「剛剛發生的事，不能告訴任何人喔。」

「嗯。」

我們深刻地反省著。

徹底中了《朋友筆記》作者的計。那顯然是作者用交朋友當名義，來發洩想跟女孩子打情罵俏的慾望。千萬不能相信男人所謂的「想要交女性朋友」這種話。

「感覺還是別跟其他人玩朋友遊戲比較好呢。」

「我已經把筆記封印起來了。」

宮前似乎還沒恢復，語氣十分懶散。

「不過，桐島做到一半就停手了呢。我還以為所有男人都會想做那種事。」

「嗯，是啊。」

「為什麼呢？是我沒有魅力嗎？」

「不是這個意思。」

不如說她很有魅力。我觸碰宮前的手指、感受著她的身體輪廓、跟她相擁、被迫意識到了自己刻意視而不見的東西。只不過——

「是我做不到，我的身體已經變成那樣了。」

從高二的那時候開始，我就對這種事情產生了強烈的抗拒。

「我不會自己一個人做那種事。」

「咦？」

「已經至少兩年了。」

「咦咦～～～？」

宮前變得滿臉通紅。

「總覺得反而很色耶！」

「反而？」

「因為那樣就是一直、不停地在忍耐嘛……桐島究竟是想做什麼呢……」

「我自己也不知道。」

總而言之，或許是長年禁慾生活的緣故，我的身體似乎對那種事情沒反應了。

「算了，沒關係。」

宮前依然紅著臉說道。

「多虧這樣我才沒有背叛遠野……」

成為大學生之後，就算不是情侶關係，男女之間也有可能隨意地做各式各樣的事情。不過宮前似乎不是那種人。

「我啊，真的很高興能跟大家當朋友，所以不想破壞這段關係。無論是跟桐島兩人一起旅行，還有做這種事，就在這裡畫下句點吧。」

「畢竟感覺當朋友才能夠一直在一起嘛。」宮前一邊說著這種話，一邊倚靠了過來。

「等明天完成我的要求後，我們就會恢復成普通朋友，十年後大家一起去種子島吧。」

「明天我要做什麼呢？」

「因為是最後的要求了。」

宮前這麼開頭之後說著：

「僅限一天，當我的男朋友吧。」

◇

隔天早上，我們連續換搭了好幾輛巴士前往醫院。在護士的帶領下來到一間單人病房。一位年邁的女性坐在床上等著我們到來。

她是宮前的奶奶。宮前的父母在她還很小的時候就過世了，是這位奶奶獨自一人撫養她長大的。

「你真的來了呢。」

這位女士的名字是由香里。

「事情我聽說了。」

由香里女士說的是標準日文，語氣非常和藹可親。她經營著日式點心店，據說以前在東京好像也有分店。

「桐島同學，你穿的簡便和服非常好看呢。」

「奶奶，不必誇他啦，他馬上就會得意忘形的。」

「栞很任性，肯定給你添了很多麻煩吧。」

「不如說是我在照顧他呢。」

「她真的很淘氣喔。小學的時候還在攀爬架上──」

「那件事不能講啦～～！」

見到身為宮前的男朋友的我，由香里女士似乎非常開心。臉上一直掛著笑容，跟我們聊了約一個小時。

我將自己來自東京，在大學認真上課，以及能夠彈奏胡弓的事情講了出來。

由香里女士打算講出宮前小時候闖的禍，還有高中叛逆期時做過的事。但每次都被宮前「哇～！哇～！哇～！」地全力阻止了。

氣氛非常愉快，但由香里女士中途突然咳嗽了起來。

「奶奶，別太勉強了。」

「不小心太開心了。」

笑也是需要體力的。

「對了，栞，可以幫我去換一下花瓶裡的水嗎？」

「嗯。」

宮前抱著放在床邊的花瓶走出病房。當房裡只剩下兩個人之後，由香里女士露出了溫柔的笑容。

「被栞強行拉過來很辛苦吧。」

「不、不會……」

「原諒她吧。栞是為了讓我放心。因為我一直很擔心那孩子，怕她到了京都會不會因為孤身一人而哭泣呢。」

因為奶奶病倒了，宮前拜託我假裝成她的男友來鼓勵奶奶。宮前的親戚似乎也希望她帶個男朋友回老家露臉。

「不過看到有像你這麼認真的男朋友陪著她，我放心了。」

「我沒那麼了不起……」

「以前我老是忙著工作，總是把那孩子獨自留在家裡，導致那孩子非常害怕寂寞，一直希望有人能陪在自己身邊。要是放著不管，那孩子感覺會被奇怪的男人拐跑呢。」

「我能夠理解。」

「她有些脫線的地方呢。啊，對了對了，說起剛才那件事的後續，她在攀爬架上——」

由香里女士開心地說著跟宮前的往事。像是衝動地從攀爬架上跳下來然後哇哇大哭，以及打雷的夜晚一定會鑽進由香里女士被窩的事。

她的語氣十分溫柔，能感覺到對孫女的掛念。宮前是個在關愛中長大的孩子。

「能交到像你這樣的男友真是太好了，接下來栞也拜託你照顧了。」

由香里女士臉上掛著和藹的笑容這麼說道。

「對不起喔。」

在前往機場的電車裡，宮前這麼說。

「讓你假裝成我的男朋友。」

「我才是，總覺得很抱歉。」

「這不是桐島該道歉的事。」

「可是……」

我朝放在坐墊上的許多紙袋看了一眼。有明太子火鍋套組、明太子仙貝跟博多通饅頭。是由香里女士送給我們的土產。

「看到我來，她似乎非常開心呢。」

「嗯。」

「明明是假的男朋友……」

我想成為能夠為他人付出的人。於是這次為了鼓勵宮前生病倒下的奶奶，我假扮成她的男朋友。實際上在見到孫女的男朋友後，她奶奶也開心地鬆了口氣，我確實派上了用場。

但是不知道為什麼，一旦看到這堆土產，我的內心就感到一股痛楚。

「桐島不必在意的。」

宮前說著。

「畢竟只是我拜託了你……」

電車朝著機場駛去，車窗外的風景以來時相反的方向移動著。假裝成宮前男友的時光，只有待在病房裡的那一小段時間而已。但是現在，我們之間仍留著扮演男女朋友那時的氣氛。

只要我踏出一步，或許就能迎接那種未來也說不定。但是——

「回到京都之後，你就去接遠野回來吧。」

宮前低著頭，嘴上說著「就別在意我了」這種話。

「雖然桐島應該沒發現，但其實很久之前，我就喜歡上你了。」

「咦？啊、嗯。」

「畢竟桐島很遲鈍嘛。」

「是這樣啊～我完全沒發現呢～」

當我們試著這麼交流時，這種半開玩笑的氣氛融入了電車規律的聲響裡，消失得無影無蹤。

宮前有些困擾地笑了。

「我啊，好幾次都想跟桐島告白了呢。」

「但是卻沒能開口。並不是因為想維持五人的關係、提不起勇氣，或是愛情和友情之類委婉的理由。而是因為我很清楚。」宮前這麼說著：

「桐島真正喜歡的人是遠野，我一直都知道。」

列車在鐵橋上交會，一瞬間變得什麼都聽不見，緊接著又立刻回到了有聲音的世界。

「桐島，你自己沒發現嗎？」

「如果是這樣的話，你就只是閉上眼睛，對自己的心情視而不見了。」宮前說著：

「我雖然是個笨蛋，但還是隱約看得出來喔。桐島大概是過去經歷了痛苦的戀情，所以覺得自己不可以再喜歡上其他人了吧？但是，你已經喜歡上了。」

遠野很在意自己的身高，總是習慣害羞地縮起身子。

要是周圍的人身高都跟她差不多，她就不會有這種自卑感。

所以——

「你才會穿成這樣吧？只要穿上高木屐，身高就跟遠野一樣了。從一開始，你做的一切都是為了遠野對吧？」

第6話　新的戀情

從大一的時候開始，我就認識遠野了。因為公寓就在對面，早上有時候會同一時間出門，騎腳踏車的時候偶爾也會一起等紅綠燈。

我們開始有所交流是一年級冬天，比起那場二年級春天的麻將大賽要早了很多。

當時我躲在房裡，反覆不斷地想著過去的事。雖然之後被福田拯救了，但這是在那之前的事。

為了不跟任何人扯上關係，我總是在晚上把換洗衣物拿到自助洗衣店去。就是當時在那裡遇到了遠野。

每次去的時候她都在那裡。遠野跟我不同，自己房間裡就有洗衣機。但由於練習時穿的運動服必須馬上烘乾，因此她經常會來使用烘乾機。

起初什麼事情都沒發生。

我們分頭坐在長椅的兩端，等待衣服洗好的那段時間。遠野用耳機聽著音樂，我則是看著書。自助洗衣店的空間很小，暖氣非常熱。

之後我們變得會點頭致意。

「晚安。」

遠野第一次跟我打招呼時，當時我想用同樣的方式回應，但卻咬到舌頭發出了莫名其妙的聲音，甚至還嗆到了。這是因為那時我除了在便利商店店員問「要幫您加熱嗎？」的時候會說「好」之外，沒有說過其他話的關係。

在那之後，我們變得漸漸地會聊上幾句。像是獨自生活發生的事、會不會自己煮飯，或是好用的家電等無聊的話題。

稍微聊幾句之後，我們便會各自聽音樂看書，等待衣服洗好。接著點頭致意離開洗衣店。耳機漏出的聲音、書本翻頁的聲音、烘乾機和洗衣機轉動的聲音。

這樣的夜晚不斷重複著。

在不知不覺間，原本坐在長椅兩端的我們，彼此之間的距離已經縮短到剩下兩個空位。

某天晚上，遠野這麼對我說。那是個非常寒冷的夜晚。

「要不要來一個呢？」

「肉包嗎。」

「是在便利商店買的，給你一個吧。」

我咬了一口肉包，眼淚忍不住差點奪眶而出。

這是因為高中時的回憶稍微湧上了心頭。天冷的時候，我放學時經常去便利商店。身邊總是有個津津有味地吃著肉包的女孩子。

那些逝去的日子，以及再也回不去的溫暖場所。

忍著眼淚吃肉包實在很辛苦。遠野恐怕也發現了吧。但她依舊裝作沒發現，跟我一起吃著肉包。

「我還是第一次看到吃得這麼津津有味的人！」

她這麼說著露出笑容。

我喜歡上了跟遠野一起在自助洗衣店度過的時光。無論是默默做著各自的事，還是一起聊天，我都覺得很舒服。

令人好奇的是，為什麼遠野會這麼晚才來自助洗衣店。跟我這種邊緣人不同，遠野就算更早來也沒關係才對。

但我很快就知道了原因。

某天晚上，我在自助洗衣店遇到了幾個男大學生。他們既不是山女莊，也不是櫻華廈的居民，而是完全不同大學的學生。

在看到遠野之後，他們異口同聲地說著。

『嗚哇，是遠野晶耶，果然好大～！』

『比在電視上看到時更讚耶，而且大的不只是身高呢。』

『內衣的尺寸果然也——』

當那些男生在稍遠的地方說著這種話的時候，遠野很害羞似的縮起了身子。

遠野似乎從高中開始就在參加校際賽，還會登上電視轉播。上了大學之後不僅作為指定強化選手，將來受到期待，更是作為一名美女排球選手備受矚目。而且，用這種眼光看她的男人似乎不在少數。

遠野因為討厭這樣，才會刻意等到深夜才來自助洗衣店。

但是在那之後不到兩個星期，對遠野說這種話的人就不再造訪自助洗衣店了。

「那是託了桐島同學的福吧。」

遠野這麼說著。

「妳是指什麼呢？」

他們不再出現的理由，是因為每當他們使用自助式洗衣機時，襯衫的袖子和褲子的褲管一定都會被緊緊地綁起來。

「會做那種壞心眼行為的，只有桐島同學這種人吧。」

我們的距離變得愈來愈近。

雖然害羞，但遠野還是坐到了我身邊。因為覺得太靠近，我稍微拉開了距離。緊接著，遠野隨即扭動身體靠了過來。

我們變得會感情融洽地並肩坐在自助洗衣店的牆邊。

「遠野平時都聽些什麼呢？」

「這個。」

她將其中一隻耳機塞進我的耳朵裡，裡面播放的是一首情歌。

「順帶一提，我在看的書是……」

「那種有些困難的書就算了……因為會頭痛……」

之後我和福田成了朋友，也跟山女莊的居民有了交流，他們送給我一雙高木屐。為了會在意身高的遠野，我打算穿上它。至少讓她在我面前不必因為身高而縮起身子。

要是知道我特地這麼做，遠野肯定會很在意。為了讓木屐看起來很自然，我也穿上了簡便和服。我就讀的大學有不少穿著這種打扮的人，於是我也假裝自己是他們其中的一員。

但是，遠野好好地看出來了。

「桐島同學真是個笨蛋。」

遠野看著身穿簡便和服的我，眼眶泛淚並這麼說著。

「不過，謝謝你。」

◇

「這、這、這。」

濱波吸了口氣之後說道。

「這不就是你讓她迷上你的嗎～～～～！」

這是在大學餐廳發生的事。濱波的托盤上放著薑汁燒肉、白飯和味噌湯。我的托盤上只有沒配料的烏龍麵。

「遠野學姊，絕對很重視跟桐島學長在自助洗衣店度過的時光吧。」

「或許是吧。」

「然後你還讓福田學長過去，自己就不去了。」

「是這樣沒錯。」

後，她就輾轉住在朋友家裡，沒有回到櫻華廈。就算我跟宮前去九州旅行結束後，情況依然沒有改變。

「天才！」

濱波發出慘叫。

「桐島司郎是個讓女孩子生氣的天才！」

我無話可說。實際上，遠野就是一直把情緒憋在心裡，最後在宵山的那天晚上爆發了。在那之

「至少從旁觀者的角度來看，桐島學長對遠野學姊是有好感的，總是做些只有喜歡對方才會去做的行為。」

「宮前也這麼對我說。」

「雖然我知道桐島學長裹足不前的理由。」濱波這麼說著：

「因為遠野學姊是個超可愛的排球女大學生，所以非常受歡迎喔。」

濱波把手機拿給我看，上面顯示著遠野的社群網站帳號，追隨者的數量非常驚人。

「但她不是只傳食物照片嗎？」

「遠野學姊偶爾也會上鏡。你看，就像這張。」

每當拍到遠野的臉，帳號的追隨者似乎就會大幅增加。

「然後，桐島學長也應該仔細想想這張食物照片的含意。」

或許是這樣沒錯。因為從某段時間開始，遠野上傳的食物照片幾乎都變成了白飯和魚。

「你沒想像過跟遠野學姊交往嗎？」

「誰知道呢。」

我回想起昨晚的事，當時我一如往常地在私人道路上烤著魚。

『最近都沒見到遠野同學呢，是發生了什麼事嗎？』

福田語氣擔心地說著。

『只要桐島去接她立刻就解決了吧。』

宮前啃著香魚這麼說。下個瞬間，她意識到自己說錯了話，表情變得僵硬。

福田露出了一副「為什麼是桐島呢？」的表情。

這時伸出援手的，是挑起一邊眉頭看著我們的大道寺學長。他突然說起了半熟蛋的製作方式。

『大家都會把雞蛋放進沸騰的水裡吧？接下來就要唱oasis的whatever。等歌唱完的時候，最好吃的半熟蛋就完成了。』

『就說用廚房計時器肯定比較快啦。』

宮前開口吐槽，氣氛變得輕鬆了起來，有種成功蒙混過去的感覺。但是，福田依然不解地偏過了頭。

「那還真是麻煩呢……」

濱波露出了苦澀的表情。

「總而言之，我還是想跟遠野談一談。實際上，遠野因為我陷入了危機。」

遠野排球社的學妹在山女莊前等著我。排球社的所有人似乎都知道遠野喜歡的男人是個身穿簡便和服的怪人。所以那女孩也很輕易就認出了我。

「還記得遠野拳嗎？」

「嗯，是那個把叫做木村的男人揍飛的招式吧。」

「在那之後，木村好像去驗了傷。然後針對社員暴力問題跟校方進行了協商。」

「嗚哇……真是個麻煩的男人……」

「由於遠野還是有正常去學校上課，我想只要去了就能見到面。」

「那麼，桐島學長為什麼還在這裡浪費時間呢？」

「是因為那個，我想把事情全部告訴濱波啊。」

「是嗎。」

濱波這麼說完，吃了一口薑汁燒肉。嚼了幾下吞下肚之後喝了口茶，接著靜靜地把杯子放回桌上，深深地吸一口氣之後說道：

「還不趕快去找遠野學姊！」

◇

和濱波在學校餐廳吃完飯後，我騎著腳踏車前往遠野的大學。走進校園，可能是大學的風格不同，總覺得氣氛比我讀的大學更加明亮。或許我選錯了大學也說不定。

用手機和宮前交流後，得知遠野選修的課程今天停課，據說她正在體育館裡做排球的個人練習。

來到體育館一看，寬敞的空間裡，只有遠野一個人在練習發球。

看到我之後，遠野雖然一臉驚訝，但立刻就露出悶悶不樂的表情，繼續不停地把球打到網子的對面。

待我走近之後，她才終於停下動作。

「有什麼事嗎？」

遠野的態度十分冷淡。

「我覺得妳差不多該回來了吧。」

聽我這麼說，遠野雖然仍是一副鬧彆扭的表情，但似乎有些高興。不過——

「畢竟大家都很寂寞。」

下個瞬間，遠野用力別過了頭，繼續開始發球。

球砰的一聲擊中地板，總覺得她比剛剛更加粗暴。

「不，我也很擔心啊。」

聽我這麼說，遠野再次停下動作看著我。

「妳因為木村的事起了糾紛吧。」

「桐島同學不必在意，我會自己想辦法的。」

「怎麼可能這麼做。說到底，遠野是為了我才會揍木村的，這次輪到我為遠野做點什麼了。」

「桐島同學……」

「我跟遠野不是朋友嗎？」

「朋友……」

球又砰的一聲擊中地板，遠野再次轉頭開始練習。

這種情況不斷發生。每當我開口搭話，遠野就會停手轉過頭來，露出有些開心的表情，然後別開視線繼續練習發球。是我做錯了嗎？

這種對話重複了幾次之後，遠野說著「真是的～～～！」發起火來。

「我想聽的才不是這種話呢！」

她這麼說著推倒了我。

我整個人倒在地上，遠野全身壓了上來。

「只要有心的話，我也能做到這種事情的！」

她按住我的雙手，臉頰逐漸貼近，在彼此的鼻子即將碰到的時候——

遠野猛然起身轉過頭去，臉頰紅通通的。看來她似乎對自己做出這種行為感到非常害羞。但這種滑稽的氣氛立刻消失無蹤，她用非常悲傷的表情開了口：

「對桐島同學來說，我依然只是個貪吃、孩子氣的女孩子嗎？」

這是我強加在遠野身上的標籤，是我高中時絕對不會做的事。

「我的心意會就這樣被視而不見嗎？」

遠野說著。

「我一直都很喜歡桐島同學。我喜歡寒冷的夜裡，待在自助洗衣店就好像世界上只剩下我們兩個一樣的感覺。從便利商店回來時，光是跟你走在一起，我的心就跳得好快。」

喜歡上一個人，並不是把感動的事演出來加以享受而已。

所以——

「我想要跟桐島同學交往，想跟你變得更加親密。」

但是她從未做出那種舉動。要說為什麼，是因為我拒絕了戀愛，還打算把遠野加上可愛的刻板印象。

「桐島同學，我不像個女孩子嗎？還是沒有魅力呢？」

沒這回事。

無論是被汗水沾濕的頭髮、運動後泛紅的白皙肌膚、還是從短袖隊服裡伸出的手腳，一切都非常美麗。

我試著伸手觸碰遠野的臉頰，她的肌膚正帶著熱氣。遠野的臉變得通紅，肌膚進一步變得更熱，我用手指觸碰著流經她太陽穴的汗水。

「我、那個，經常被人用那種眼光看待。畢竟隊服沒有袖子，褲管又很短……」

不只是這樣而已。遠野的胸部非常豐滿。運動時因為會束緊腰部，更進一步凸顯了這一點，因此遠野作為大學排球選手的人氣大概也包含了這部分。而據說她對此有些反感。

「不過，我想被桐島同學用那種眼光看待，希望你能這麼看我。」

遠野把手重疊在我撫摸著她臉頰的手上。

「希望桐島同學能多碰我一點，我是這麼想的。」

我撐起身子，反過來推倒了遠野。而她雖然別開了視線，但能從側臉中看出害羞、緊張，以及些許的期待。

我很清楚這種感覺。

我從被汗水沾濕的隊服上，撫摸著遠野的胸部。遠野抬起了下巴。我將身體擠進遠野的雙腳之間，整個人壓在她身上。遠野的身體非常柔軟，緊密地貼在我身上。

遠野的馬尾變得凌亂，頸部露了出來。

我用舌頭舔著她白皙的頸部。

「桐島同學！那個，汗水！」

我沿著遠野柔嫩的肌膚，讓舌頭往她耳朵的輪廓舔了過去。遠野挺起胸口，身體高高地仰起。

「這、這個是，怎麼回事……我不知道、這種感覺……啊……討厭……」

舔到耳朵內側的時候，遠野的呼吸開始帶著濕氣。我進一步沿著她的耳朵曲線，溫柔地舔了好幾遍。

「不行，桐島同學，這個、很不妙……」

遠野試圖推開我，但是卻沒有了平時的力量。接著我更加用力將舌頭伸進了遠野的耳朵裡。下個瞬間，遠野發出了不成聲的嬌膩吶喊，全身開始顫抖。我壓著遠野的額頭，開始動起舌頭。

「啊……桐島同學……啊……啊……」

當遠野變得上氣不接下氣，渾身無力之後，我便從她身上離開。遠野已經徹底打開了開關。

「桐島同學……」

遠野用濕潤的眼神看著我。

我將遠野的雙手交叉固定在她的頭部上方，接著慢慢臉湊了過去。遠野困惑地發出了「咦？咦？」的聲音。

「我看，你是故意想讓我討厭你吧？這種事情已經夠了啦！咦？騙人……你是認真的嗎？」

見我點了點頭，遠野滿臉通紅，自暴自棄地說了：

「真是的～隨便你啦！」

我舔著遠野被汗水沾濕的腋下，她在我底下害羞地顫抖著。

◇

「我小看桐島同學了……」

遠野抱著膝蓋，坐在體育館角落的地板上這麼說。在腋下被舔到一半時，她因為害羞過頭而逃走了。

「不過，有種好像被蒙混過去的感覺。」

遠野瞇起眼睛盯著我看。

「我……那個……」

然後低著頭繼續說道。

「也想要……做像是接吻之類的……普通行為……」

遠野說得沒錯，我正在打馬虎眼。我所做的一切，全都是為了逃避像是接吻那種最能象徵戀愛意義的行為。刻意避開遠野女孩子的一面，用滑稽的方式對待、把她加上五個同伴之一的刻板印象。即使到了這個地步，我依然想要逃避那些部分。

於是，我老實說出了自己的情況。

「遠野，我在讀高中的時候，深深地傷害了和自己交往的女孩子。那種傷害方式實在非常過分。因為這個緣故，我不知道自己是否有資格變得幸福，或是再去喜歡上其他人。」

遠野是個很棒的女孩子，正因為如此——

「我覺得自己不應該喜歡上遠野。事到如今要說我有沒有這個資格，我想應該是沒有的。雖然遠野說想被我觸碰，剛剛也做了各式各樣的行為，但我大概是沒辦法做到最後的。」

我將自己因為超過兩年的禁欲生活，身體已經不會產生反應，以及即使獨處也不會做那種事的事情，毫不掩飾地告訴了遠野。

或許是神明大人叫我不要再談戀愛了也說不定。我也試著補充了類似這樣的話，但遠野有所反應的地方卻不在那裡。

「超、超過兩年！」

她滿臉通紅地說著。

「反而好色喔！」

宮前也是，妳們的思考邏輯到底是怎樣啊。

「話說回來，桐島同學果然交過女朋友呢……到底是什麼樣的人啊？我非常在意。」

「妳確定，要在這裡發揮迷妹的堅持～？」

「我是會在意很多事情的人！」

遠野似乎也很擔心我跟宮前一起去九州旅行的事。雖然宮前事先用只是以朋友身分去旅行拒絕了遠野，但她其實不希望我去。不過她不是我的女朋友，所以也無法阻止。

「如果是女友的話會怎麼樣呢？」

「會在桐島同學答應兩人一起去旅行的時候來一記遠野拳。」

下巴會被打飛吧，我這麼想著。

「所以，她是個怎樣的女朋友？」

看來要是不說的話，遠野不會放過我。於是我回憶著高中時的零碎記憶開了口：

「她是個態度冷漠、不擅長念書但很擅長音樂，是個美女——」

「唔嗯唔嗯。」

「待人親切、態度認真、課業很好又可愛——」

「嗯~？態度冷漠又親切？不擅長念書，可是課業很好？感覺是像鵺一樣的人物呢。」

（註：鵺為日本傳說的妖怪。）

遠野不解地偏著頭。

「不過，既然桐島同學這麼在意，一定是個非常棒的人吧。就是因為傷害了這樣的人，桐島同學才會拒絕戀愛。」

「簡單來說就是這樣。」

此時遠野再次露出認真的表情，像是在思考什麼似的沉默了一會兒，接著開口說道：

「我在比賽時會殺球得分，大家都稱讚我的球扣得很好。」

但是，據說她在練習時經常失敗。

「正因為經歷了許多失敗，我才能在比賽打出漂亮的殺球。而且，即使這樣我比賽還是會失誤。大家說我是個天才，還說很羨慕我。可是，我自己總是一直在失敗。一邊經歷失敗一邊設法努力下去，戀愛不也是一樣嗎？」

「至少——」遠野說著：

「我認為沒有人是不會失敗的。就算桐島同學高中時的戀愛失敗了，我也完全不認為桐島同學就不能變得幸福，或是不可原諒。」

所以——

「我希望你能鼓起勇氣向前邁進。就算過去失敗過又怎麼樣？沒辦法做那種事又怎麼樣？這些都不構成理由。」

遠野是個無論何時都很樂觀的女孩子。如果對象是她，我或許能夠展開新的戀情也說不定。想到這裡，我有些猶豫地走近遠野，抓住她的雙肩。

「桐島同學……」

遠野抬起下巴，閉上眼睛。

我的臉逐漸靠近。

就在我們的嘴唇即將碰到的，那個瞬間——

響起了腳步聲。

我驚訝地回頭一看。

只見福田露出非常悲傷的表情站在那裡。

◇

我在咖啡廳裡吃著抹茶聖代。

這是距離去體育館迎接遠野的幾天後的事。到頭來，我還是沒能把遠野帶回櫻華廈。

那個時候，福田也因為擔心遠野沒回來，偶然和我在同一個時間想去找遠野談話，並在那裡撞見了我和遠野即將接吻的場景。

「不是這樣的！」

我忍不住這麼說了。

福田無力地露出笑容搖了搖頭，隨即走出體育館。於是我又這樣傷害了一個人，同時也傷害了另一個人。

「『不是這樣的』是指什麼……」

遠野喃喃自語似的說著，然後——

「『不是這樣的』是什麼意思！究竟有哪裡不對了！」

遠野站了起來，語氣激動地說完後也跑出了體育館。之後也沒有返回櫻華廈。

從那之後，福田也不來參加烤魚了。當我跟他在山女荘的走廊相遇，打算開口搭話時，福田打斷了我並且開口：

「我老是這樣。既遲鈍又不會看氣氛，總是會被人拋在一旁。自己是個跟戀愛這種東西無緣的男人，我明明很清楚才對，卻還是作了夢……」

「怎麼可能有這種——」

「抱歉，我想稍微一個人靜一靜……」

考慮到福田的心情，我什麼話也說不出來。畢竟他可是看見了自己喜歡的女孩子，和原本該聲援這段戀情的好友即將接吻的場景。

晚上烤魚的時候，來的人也只剩下宮前和大道寺學長而已。

「桐島，你在搞什麼啊。」

宮前玩弄著炭火，語氣寂寞地說著。只有三個人的確很寂寞。大道寺學長貫徹著不表示意見的態度。就在這個時候，遠野排球社的學妹再次來到了這裡。

「再這樣下去，遠野學姊會因為引發了暴力事件，被強迫退社的……」

據說木村被揍的那件事鬧得很大，他好像甚至還請了律師，要求校方出面處理。

遠野的學妹這麼說著。

因為發生了這件事，我跟宮前想著要幫遠野的忙，造訪了遠野揍飛木村的那間咖啡廳。

「那邊有監視器呢。」

宮前看著天花板說。

「是啊。肯定能清楚的拍下遠野打人的畫面。」

「不過聽說也有可能是假的。」

「我認為要主張遠野沒有打人，是木村捏造的應該很困難。」

既然對方不僅有驗傷單，還請了律師。如果有必要，他可以在店員或客人之中尋找目擊者，更重要的是遠野打人是事實。

「不然桐島主動出面，說對方先講了一堆討厭的話怎麼樣？」

「感覺如果是小學的班會，或許能行得通吧。」

我們絞盡腦汁，不停想著各種辦法，但沒有什麼好點子。

「木村真厲害呢。」

宮前說著。

「明明形象那麼討厭，從我們的角度來看在各方面都被他擺了一道，可是對世人來說他沒有任何缺點呢。」

「他做事非常聰明又正確啊。」

結果，我們還是沒找到任何能幫遠野解決這個難題的方法。

當我們離開店裡的時候，宮前說：

「遠野是體育推薦生，要是因此被退學的話實在很討厭呢。」

宮前臉上掛著沮喪的表情，就這麼前往打工的補習班擔任講師。

我則是前往大學的圖書館翻閱法律的書籍，用簡訊和法律系的朋友問了許多事。

雖然我試圖尋找是否存在讓遠野拳被大眾接受的解釋，但是都很困難。

根據法律的解釋，如果視為刑事案件，暴力罪是跑不掉的。而且因為有驗傷單，傷害罪似乎也在考慮範圍內。

作為暴力問題來看，木村會如此強硬，大學方會顯得軟弱也是當然的。

我離開大學圖書館，漫無目的地走在逐漸昏暗的京都街頭。毫無理由地走進錦小路時，看見了一家肉店。想著偶爾烤些魚以外的東西應該會讓大家比較開心打算買點肉回去，但立刻就意識到那個「大家」已經不再齊聚一堂了。

接著我就這麼走到了夜晚的木屋町。這是個留有古都氣息的居酒屋街。裡面的上班族和大學生看起來似乎都很開心。最近即使來到木屋町，我也不再感到寂寞。這是因為我有了可以回去的地方。但是，那裡似乎正在逐漸失去溫暖。

我不能逃避。

遠野為了我毆打木村，正面臨著排球社退社的危機。

福田因為我受到傷害，目前把自己關在山女莊的房間裡。

必須想點辦法才行。

我已經和高中的時候不一樣了。

抱著堅定的決心，我傳了訊息給遠野。

隔天中午，我騎著腳踏車，從河堤上俯瞰著鴨川。

天氣十分晴朗，陽光在水面上閃閃發光。

過了不久，遠野走了過來。

「有什麼事嗎？」

表情十分冷淡。

「畢竟被找出來，我就姑且過來看看。」

「遠野一副對我沒有任何期待的樣子呢。」

「反正肯定是沒意義的事情吧，反正。」

「我現在打算騎腳踏車渡過鴨川。」

「真的！咦？什麼意思，這別說是沒意義了，簡直是莫名其妙！」

「妳看了就知道了。」

鴨川的河寬大約有五十公尺，雖然有一定的長度，但是水並不深，從橋上就能看到河底。只要不考慮水流有點強勁，或是河床凹凸不平等實際上的問題，騎腳踏車渡河這種妄想似乎勉強是可行的。

「話說回來桐島同學，你打算從河堤開始渡河嗎？」

「那當然，否則就不夠有戲劇性了吧。」

「咦？等一下？」

要是想太多感覺會害怕。我用力踩起踏板，從河堤上讓腳踏車跑起來的瞬間就超可怕的。說起有多可怕，甚至到了專心過頭，短短數秒的時間被拉長，讓一切看起來都變成慢動作的程度。

首先，我在小學時也沒有騎腳踏車衝過這種斜坡，實際嘗試之後發現振動非常強烈。便宜淑女車的輪胎根本無法完全吸收衝擊，晃動大到握著手把的手，以及坐在坐墊上的屁股都感到疼痛。我一邊緊握手把控制著不讓自己摔車一邊騎下斜坡。我想試著用開朗的聲音大喊一聲：「哇——！」不過卻沒有那個餘力，但就在我想像要設法抬起前輪，讓遠野見識腳踏車跳起的光景時，車子一轉眼就下了水。隨後我騎車渡河的妄想絲毫沒有實現，腳踏車在落水的瞬間就向前失控轉了一圈，我背部著地摔進了水裡。

「咦？咦～？」

遠野困惑地跑下河堤，脫掉鞋子走進河裡。

「不、等等、那個，該怎麼說呢……」

她不知道該做何反應，我坐在河裡對她說著：

「我在想事情會不會有轉機呢。」

「咦？」

「覺得如果做出和電影或電視劇一樣的行為，是不是一切就能順利解決了。」

如果是在螢幕上，只要宣洩感情，奔跑吶喊，就能解決大部分的事情。

只要我騎著腳踏車跳起，遠野就會露出笑容，接著會無奈地硬是找個理由回到櫻華廈，然後福田會在我騎車過河的時候出現，說著「我認輸了」跟我握手和解。五個人再次齊聚。依照故事發展，木村的問題也能找到將其駁倒一口氣逆轉的方法，在爽快的情境下落幕。

「可是，事情並非如此。」

實際上只有我向前摔了車，什麼事都沒有發生。就算抒發感情，幸運既不會降臨，也不會因此從他人那裡得到幫助，所以只能腳踏實地一步步地去做。

即使我做出了戲劇性的行為，遠野只會覺得尷尬，福田也未必會走出房門。更不代表能夠靈機一動，想出唯一能夠解決木村那件事的聰明方法。

「我們不是在演電影或電視劇，不存在那種戲劇性的解決方法。」

「所以啊——」我這麼說著，首先——

「先去跟木村道歉吧。我也會一起去的。」

「真不甘心～！」

遠野在我背上掙扎著。在那之後我們一起去了遠野的大學和木村及他的律師見面，在大學職員面前道了歉。

然後遠野說自己太不甘心不想走路，於是我揹著她走在鴨川的河堤上。

「看到了嗎？木村那得意洋洋的表情！」

「算了，沒關係啦。畢竟事情都圓滿解決了。」

原以為和解只是單純的概念，但其實是有和解契約的。多虧有律師在場，我們確認了詳細的條件，簽訂了事情就此告一段落的和解契約。賠償金額以大學生來說挺沉重的，我打算也一起負擔。

「可是木村那傢伙又擺出一副看不起桐島同學的樣子！」

「遠野能留在社團裡，對我來說這樣就夠了。」

木村似乎想讓遠野受到更多懲罰，他認為做了壞事的人就應該遭受人生崩潰程度的打擊，但他自己聘請的律師卻成了阻礙。作為工作的一環，律師在文件上加入了只要支付賠償費，木村就不會繼續追究這件事，也不會對外透漏的項目。

「如果一開始這麼做就好了。」

大學方似乎也不希望遠野退社，因此從一開始就在尋找妥協的方案。

就結果來看，比起木村的正當性，遠野的人品更勝一籌，但遠野一直堅持己見沒有參與談判。

「因為……」

「並非任何事情都能稱心如意的。我想木村應該也不太滿意喔，畢竟他不是為了錢才這麼做的。」

我們不可能做任何事都會很順利。就跟遠野的殺球理論一樣，必須一邊失敗，一邊腳踏實地地前進。

雖然遠野訴諸暴力是不對的，但我不會因此就覺得她很差勁。只不過是經歷了一次失敗，就只是這樣。

「還是別再用遠野拳了吧。」

「嗯，我不會再用了……」

「不過當時遠野替我揍他，我很開心喔。雖然大眾肯定覺得這是錯的，沒有任何人會予以肯定，但我還是很高興。」

「桐島同學……」

我就這麼揹著遠野回到了公寓。途中當我差點說出「好重——」的時候，遠野勒住了我的脖子。

於是，遠野就這麼回到了櫻華廈。

當天晚上，我把這件事告訴了福田。我沒有見到面，而是隔著房門交談的，我認為福田應該有聽見。

「真的很抱歉，我知道遠野有喜歡的對象，也知道那個人是誰。」

但是，我本來不打算談戀愛。所以當我知道福田喜歡遠野時，我並不排斥在一旁支持，也真心地覺得遠野如果能改變心意喜歡福田就好了。

「高中的時候，我談過一段特別的戀愛。在那之後，我就不打算再談戀愛了。」

理由有很多。

像是不想傷害任何人，或是無法原諒自己等等，要多少有多少。

但說到底，是我想把那場戀愛，把那些女孩子當作自己心中特別的部分。

一旦我有了新的戀情，那麼她們就不再特別了。我不想把她們當作人生中眾多戀情的一部分。

執著於過去戀情的男人這個身分對我來說非常方便。透過犧牲自己，我成功地將當時的戀情塑造得很特別。

但我只是個普通人。

沒辦法像演戲一樣，把唯一的戀情藏在心裡活下去。

而是跟大多數人一樣，再次愛上新的對象。

結果，我喜歡上了遠野。

「我認為這樣很正常。」

門裡傳出了福田的聲音。

「我不認識桐島高中時喜歡的對象，但我想一定是個很棒的人吧。不過，遠野同學肯定不比她遜色才對。未來桐島會遇見的許多女孩子之中，一定也會有很多優秀的人。一段戀情結束後，又喜歡上其他人並不是什麼壞事。我不認為這樣子很輕浮。這很自然，甚至可以說是更尊重新遇見的對象。」

「你很冷靜呢。」

「桐島同學誤會了。」福田說著。

「我並不是為了這次的事情感到生氣或是受傷。當然，我是有一點想法。不過，我把自己關在房間裡的理由不在那裡。」

「那麼，到底是為什麼？」

當我這麼問的時候，房門打開，福田探出頭來。

「我在沉澱自己對遠野同學的心情，我的想法太過強烈了。」

說完之後，福田稍微哭了一會兒。

◇

這天深夜，我把換洗衣物裝進袋子裡，走出公寓的房間。

我還有一件事必須得出明確的結論。

走在寂靜的街道上，昏暗中隱約能看見一道微微的光芒。

是自助洗衣店。

進入店裡之後，我將換洗衣物扔進滾筒式洗衣機，投入零錢按下啟動鈕，接著坐在長椅上等待衣服洗好。

當我正在看書時，遠野走了進來。她將隊服和運動衫扔進烘乾機之後，隔著一點距離坐在我身邊。

遠野戴上耳機，開始聽音樂。

夏天的夜晚，若無其事地在自助洗衣店裡的兩人，一如既往的光景。

洗衣機轉動的聲音和書頁翻動的聲音，以及漏出聲音的耳機。

過了一陣子之後，遠野拿下了其中一隻耳機。

「桐島同學也要聽嗎？」

我接過耳機戴了起來。

聽見的是一首簡單的情歌。是一首平凡無奇，隨處可見的情歌。到了明年就會被大家遺忘的流行樂。

我們注視著對方。

我知道自己該說什麼，而且現在應該說出來。

但就在我準備開口的時候——

遠野笑了。

「我們會不會有點太裝模作樣了？」

「說得也是。」

我也受到影響笑了出來。

「太刻意了。」

已經不需要多說什麼了。我們輕輕笑著抱住彼此，感受著遠野溫熱的身體和心跳。

遠野將臉貼在我的脖子上，用力地抱著我說道：

「請多指教。」

「我才是。」

然後我們不停地接吻著。

這就是我的大學生活，正式揭開序幕的瞬間。

第7話　夏天的殘影

開始交往之後，遠野變成了想一直觸碰男友的女孩子。與其說是想膩在一起，不如說有所接觸才比較安心。

當我們走在一起，她會牽著我的手或是抓著我的衣袖。在房間裡看電影或電視劇時，她會用頭枕著我的肩膀，或是躺在我的膝蓋上。天氣熱的時候，我去遠野的房間吹冷氣躺在地上打滾。遠野也會跟我一起躺在地上，像貓狗一樣玩耍。

我們是一對感情非常融洽的情侶。

「桐島同學！」

「我想跟桐島同學一起創造出更多更美好的回憶！」

遠野露出開朗的笑容說：

到了這個地步，已經停不下來了。

音樂開始流過我的腦海，是個擅長拉高音的清爽女性歌聲。

我們騎著腳踏車遊覽京都的名勝古蹟，玩累了之後會回到其中一個人的房間，躺在同一張被窩裡抵著額頭笑著入睡。也會一起去超市買東西，在狹窄的廚房一起包水餃。

「總覺得形狀很奇怪呢。」

「不過，很好吃喔！」

遠野開心地享用著。

我變得愈來愈喜歡遠野。

希望遠野能一直保持笑容，充滿活力。

我跟喜愛電車的遠野一起搭了各式各樣的電車，像是京阪電鐵和阪急電鐵。我們一起前往第一節車廂，看著電車在鐵軌上行駛的光景。搭乘近鐵前往奈良，享用蕨餅、參觀大佛。當時遠野買了單眼反光相機。

她將回憶拍成了許多照片，開心地不斷觀看著。

有時候我也會陪她夜跑。

「桐島同學，加油！」

「可、可是……」

「沒問題的！雖然桐島同學的表情看起來的確跟翻肚浮在水面上的死魚一樣，但人類是沒那麼容易跑到累死的！」

遠野朝我伸出手來，我抓住她的手，兩人開始逐漸加速。

大家也祝福著我們。

「我很開心能見到你們交往。」

當我們跟往常一樣在私人道路上烤魚時，福田這麼說著。

「這不是謊話。當然我還是有點難受，但任誰都會有這種時候的。只要跟人相處，就算對方是最好的朋友，也不代表隨時都會很開心。另外，我不認為不開心就不算是朋友。而是在這些心情起伏下也能繼續在一起的人，才是所謂的朋友。」

所以，這樣就行了——

福田態度非常樂觀。

「這次，我明白了戀愛非常美好。知道了這種故事為何隨處可見，大家都很熱衷的理由。我想試著去尋找新的戀情。而且我不會依賴桐島，要自己努力試試看。」

「桐島，雖然我知道你應該很清楚——」

宮前也開口說道：

「要是敢弄哭遠野，我可不饒你喔。」

大道寺學長不停地彈著馬頭琴。

「桐島同學，我們很幸福呢！」

遠野握住了我的手，我也握了回去。當宮前開玩笑地說出「別打情罵俏啦！」之後，大家都笑了出來。我們五人的關係也逐漸化為燦爛的夏日時光。

大家一起參加了琵琶湖的煙火大會，今年第二次穿上了浴衣。跟宵山那時不同，這次遠野看起來也非常開心。

接著到了這個夏天的最後一個活動。

我們一大早坐上租來的車，前往太平洋沿岸的海邊。

「說到夏天，果然就是海吧。」

大道寺學長這麼說著，跟大家一起制定了計畫。我們打算在廉價的民宿裡住個兩天一夜。

我和遠野坐在三排座廂型車的最後一排，第二排是宮前和福田，大道寺學長坐在駕駛座上，副駕駛座則是濱波。

一開始被邀請的時候濱波還有些猶豫，但當我解釋很多事情已經解決，自己正式和遠野交往之後，她說著：「這樣很不錯呢，我喜歡和平的出遊。」並答應同行。

「遠野她很煩惱喔。」

宮前在車上調侃地說：

「我陪她挑了整天泳衣，她一直問桐島同學喜歡哪種款式呢。」

「是這樣嗎？」

聽我這麼問，遠野說了句「我才不知道呢」轉過頭去。她鬧著彆扭，一會兒玩弄手機，一會兒看著窗外風景。不過，她的手卻不忘緊緊挽著我的手臂。我覺得遠野這個模樣非常可愛。

車子最後下了高速公路，進入沿海道路。

蔚藍的天空下，道路沿著海與山的交界一直延伸到遠方。

抵達目的地時已經過了中午。

見到白色沙灘和一望無際的藍色海洋，遠野和宮前相當興奮，在車子停下的同時就衝向了海邊。

我也下車脫掉木屐，光腳走在沙灘上。沙子溫熱柔軟的觸感十分舒服。

「我去旅館放行李。」

大道寺學長說完後便開車前往旅館。

「我去買水。」

福田則是朝有點距離的海之家走去。

總覺得心情稍微冷靜了下來。

和遠野開始交往後，每天的步調都過得很快，但仔細想想，夏天也已經過了大半。

就連海邊吹來的風，總覺得都帶著夏天逐漸逝去的寂寥感。

「這不是挺好的嗎。」

濱波來到我身邊說。

「看起來完美京都計畫（Perfect Plan）成功了呢。」

「或許是吧。」

雖然跟當初預計的形式完全不同，但讓大家都露出笑容的目標可以說是實現了。我也得到幸福這方面雖然有點那個，但接受自己的幸福也是非常重要的。

要是太過幸運，很多人會覺得害怕，而我也是其中之一。總覺得自己這麼受到眷顧真的好嗎？

身邊有著這麼棒的夥伴，以及女朋友。

像我這種人，真的可以嗎？

但是，我不該懷疑，或是主動疏遠。

任何人都應該允許自己獲得幸福。

我跟濱波就這麼呆愣地盯著大海看了一會兒。

遠野和宮前不知何時換上了泳裝，看來是事先就穿好了。兩人正在岸邊潑水玩耍。

我就這麼注視著她們兩個。

這時，大道寺學長抱著一顆沙灘球回到這裡。

「桐島學長，你成功地讓大家幸福了，這不是挺好的嗎，桐島埃里希。當然，要在真正意義上讓所有人幸福是不可能的。不過，至少桐島學長有能力讓在這裡的所有人變得幸福。」

「沒錯，我也很幸福。」

「就算玩開了不也挺好的嗎？」

「是啊。」

我跟濱波一起奔向大海。

然後脫掉衣服。當然，我們也事先穿好了泳裝。

我們在岸邊此起彼落地玩著球，遠野果然打得很好。濱波因為懲罰遊戲被拖進了海裡，她說著「太狡猾了！」並從嘴裡吐出海水。

我和遠野互看一眼笑了出來。

之後我們玩膩了球，大道寺學長開始幫香蕉船充氣。濱波和宮前一起坐在船上，大道寺學長則是拉著繩索拖動船身。

我和遠野坐在岸邊看著這副光景。

白色棉花糖般的雲在藍天上飄過。

遠野的側臉看起來很開心。

夏天即將結束，接下來是秋天。

秋天就一起去賞楓吧。當然，秋天的食物很美味，兩人一起大吃一頓也不錯。

冬天有聖誕節和新年，要做的事情非常多。已經能夠想像遠野開心的表情了。我們人在京都，能新年參拜的地方要多少有多少。

到了春天就去看櫻花，一起在櫻花盛開的哲學之道散步吧。對了，還有嵐山的火車，喜歡鐵路的遠野一定會很開心。

然後春天結束，夏天再次到來，我和遠野會就這麼經歷不同季節吧。

當我想著這種事情時，遠野將沙子灑到我的腳上。

「還是老樣子喜歡惡作劇呢。」

「都是因為你在發呆啊，在想什麼呢？」

「我在想明年夏天要跟遠野一起去哪裡玩，做些什麼。」

聽我這麼說，遠野露出了害羞的表情，然後有些難為情地說著：

「說得也是。無論是明年、後年，還是將來，都應該事先想清楚比較好呢……畢竟我們接下來會一直在一起嘛……」

遠野抱著膝蓋坐在沙地上，挪動身體慢慢地向我靠近。雖然隱約察覺了遠野的想法，但因為害羞，我半開玩笑地開了口：

「福田好慢啊。」

「沒關係的，他跟桐島同學不同，是個很穩重的人。」

遠野的肩膀碰到了我的肩膀。

光是這樣，就讓我覺得很溫暖。

遠野只要稍微跟我接觸，就會開心地露出笑容。換作平時應該會靠得更近，但旅行時她似乎打算就此作罷。

這是屬於我跟遠野兩人的寧靜時光。

我認為，這一定能一直持續下去。

過了一會兒，大道寺學長他們回到了岸上。

「機會難得，玩些五個人一起玩的遊戲嘛。」

宮前這麼說著，於是我們開始討論要玩什麼。

就在這個時候。

「啊，福田回來了。這邊這邊！」

宮前朝他揮著手。

從遠處來看，福田顯得忸忸怩怩，一副很害羞的樣子。即使來到我們附近，他依然只盯著地面。

「雖然說要去買水，但其實我完全忘記了。」

「以福田來說是很罕見的失誤呢。」

聽我這麼說，福田搔了搔頭，嘴裡說著：「這是有原因的——」很明顯他遇到了某種讓人緊張的事。

「究竟發生了什麼事？」

「其實，我在海之家遇到了一個女孩子。」

仔細一看，才發現不遠處站著一個身穿泳裝的女孩子。根據福田在海之家跟她聊到的內容，她似乎是附近大學的學生。

「福田，難不成——」

「嗯。」

福田露出非常害羞的表情說道：

「就是所謂的一見鍾情。」

他似乎說明了自己來自京都，並邀請那位女孩子一起玩。

「實在非常抱歉，因為想讓她放心，我用了『還有其他女孩子在』這種說法，沒有經過大家同意就邀請了對方……」

「沒關係啦！既然是這樣，我們也會幫忙的！對吧？」

宮前這麼說著，遠野也用力握緊了拳頭，但是她立刻偏過頭去。這是因為福田有可能是為了斬斷對自己的思念，才勉強自己喜歡上其他女孩子。大概是想到這點，導致她不知道自己該不該感到高興吧。不過——

「沒問題的。」

福田語氣堅定地說著：

「見到那個女孩時，我心臟真的跳得很快。當時她坐在椅子上，眼神寂寞地看著大海，我是真心地想讓她露出笑容，看到她微笑的模樣。我喜歡那個女孩子。」

「我很清楚福田不是個隨便的男人。」

大道寺學長這麼說，他是個會在關鍵時刻推人一把，值得信賴的人。

當然，我也點了點頭。

我們就是這樣長大成人的吧。

總有一天，我和遠野會非常自然地習慣對方在身邊。福田也會展開新的戀情，交到女友。

「那麼，我去叫她過來。」

於是福田走向那個女孩，交談過後把她帶了過來。女孩舉止客氣，態度非常拘謹。跟福田非常登對。

宮前遲早也會交男朋友，大家都在向前邁進。

我們會安定下來，一步步變得穩定。

大道寺學長一定會發射火箭。

十年後，我們會前往種子島。大家一起觀看火箭發射，一起懷念今天這個日子也說不定。

出了社會之後，我們會做些什麼呢？

我想像著未來。

遠野會在我身邊嗎？

大家都能過得幸福嗎？

應該沒問題的，我已經不要緊了。

我會一直跟遠野在一起，大家也會過得幸福。

我想像著這樣的未來。

但是——

隨之而來的衝擊打斷了我的想像。

「大家，我來介紹一下。」

福田把女孩帶了過來。

根據福田後來的說法，她在這個海岸似乎被稱為「海邊的女孩子」。

她是個非常漂亮的女孩子，據說會在傍晚來到海邊，一直注視著大海。她的身上總是散發著某種寂寞，能勾起哀傷的氛圍，是個小有名氣的人物。

「她的名字是——」

這連問都不用問，因為我認識她。

雖然帶著成熟穩重的氣質，但她的外表並沒有多大改變。

及肩的頭髮。

看似有些困擾的笑容。

是我青春的殘影。

破碎四散的戀愛碎片。

早坂同學。

◇

真是奇妙的光景。
早坂同學和遠野她們玩在一塊。
宮前露出惡作劇般的表情潑著水，早坂同學噘著嘴做出反擊。遠野抱住早坂同學，兩人笑著倒進海裡。
「明明是讓人欣慰的光景，但為什麼心裡會這麼不安呢。」
濱波說著，「沒問題的。」我這麼做出回答。
「不會發生妳擔心的事。」
我不知道早坂同學的想法，不過，目前她似乎打算裝作不認識我。
被福田帶過來時，她看到我稍微愣了一下。注意到早坂同學的視線，宮前開口說著：
「哦，那個？別在意。」
宮前似乎以為早坂同學在關注我和遠野之間的距離感。
「他們最近剛開始交往，每天都秀恩愛給我看呢。」
「是這樣啊……」
早坂同學非常自然地笑著說道：
「恭喜，你們兩個很登對呢。」

「謝、謝謝妳！」

遠野顯得相當害羞。於是幾個女生很快就打成一片，開始玩了起來。看著她們的模樣，濱波說道：

「會假裝不認識，是在替遠野學姊，和現在的桐島學長著想呢。」

「大概是吧。」

早坂同學的立場不難想像。

應該是不想妨礙我和遠野吧。

早坂同學保持著絕妙的距離感和我交流。不僅態度親切，也會對我露出笑容。如果有人談到我，她也會做出回應。但是──

「嘿～原來如此，桐島同學很會釣魚啊。」

「嗯，最近連殺魚也變熟練了。無論是炸魚還是鹽烤我都會做。」

「那還真厲害呢。」

早坂同學的話裡沒有感情，只是在隨口附和。對她來說我是個陌生人，只是眾多人物中的其中一個，當時那種特別的親密感已經蕩然無存。

『什麼都別說，就這樣道別吧。』

她傳達著這種訊息。

我明白這樣比較好。畢竟我已經有了遠野，早坂同學也度過了我所不知道的時光，跟那個時候有了決定性的差異。

早坂同學非常自然地裝作我們不認識。

明明交往了那麼久，再次重逢卻沒有聊到任何回憶。

感覺有點悲傷。

「不行喔。」

見我盯著早坂同學看，濱波小聲地對我說：

「遠野學姊是個很棒的人。」

「不要緊的。」我回答道。

「我已經是個成年人了，早坂同學也一樣。」

如果早坂同學還跟高中時期一樣，或許會因為她那冒失的性格在遠野面前凸槌也說不定。像是講出「桐島同學來段饒舌歌吧」之類的話，然後被遠野反問「妳為什麼知道桐島同學會唱饒舌歌呢？」不過，現在的早坂同學完全沒有會犯下那種失誤的跡象。

「桐島同學也來自東京啊，那麼，搞不好我們在哪裡見過面呢。」「嘿～你在大學念那種科目啊，真厲害呢。」「啊哈哈，桐島同學真有趣。」

她一句接一句地說著場面話。

簡直就在跟早坂同學的空殼交談一樣。

不過，這樣就可以了。我們應該活在當下，不該讓過去發生的事情將其破壞。

不光是遠野，福田也在這裡。福田他放棄了遠野，要是就連自己後來喜歡的女孩子過去也跟我有著不淺的關係，或許我們的交情真的會變得無法修復了也說不定。

就這麼裝作不認識，跟早坂同學道別吧。

既不交換聯絡方式。

也不互相報告近況。

這次在海邊發生的事，只不過是以前認識的兩個人偶然遇見罷了。

事情就是這樣。

「早坂同學真驚人呢。」

宮前小聲地說著。

這是濱波被埋進沙子裡時發生的事，濱波變成了只能看到臉和腳的狀態。

「我認為自己也算是有點料的說……」

宮前注視著早坂同學的胸部。她跟遠野靠著肩，一起朝著濱波潑灑沙子。

兩人感情融洽地靠在一起，分量差不多的雙峰不時地互相碰撞改變形狀。

「這、這樣太色了啦！」

宮前用力拍打著眼前的沙堆。

濱波發出了「嗚呃……」的呻吟聲。

過去早坂同學並不喜歡男人用這種眼光看待自己的身體。但是現在她主動穿起了泳裝，也接受了福田的邀請，兩人一起去坐了香蕉船。當時早坂同學緊緊地抓著福田的肩膀，從海灘上看來，胸部似乎也碰到了福田。

當她離開我們身邊的時候，出現了一群男人向早坂同學搭話。我一瞬間產生了「必須去幫忙」

的想法。覺得跟高中時一樣，早坂同學一定覺得很困擾。

但是，早坂同學只是笑著跟那些男人聊了一會兒，就愉快地和對方道別了。看來是順利地應付了過去。

那是我不認識的，成熟的早坂同學。

隨後我們分成兩組打沙灘排球。起初猜拳分組時，我跟早坂同學分到了同一組，但是——

「遠野同學和桐島同學去同一組吧。」

早坂同學非常平靜地這麼說。於是我跟遠野組成一隊，早坂同學則和福田同學分到一組，彼此互相擊掌。

當我為了接球摔倒的時候，早坂同學在網子對面向我說道：

「不要緊吧？」

典型的溫柔語氣。

「會痛的話，不要逞強比較好喔。」

表示擔心的固定說法。

我也說著「謝謝」作為回應，多麼空洞的對話啊。

好想了解早坂同學真正的話語。

好想了解早坂同學真正的感受。

好想了解早坂同學經歷過的，我所不知道的時光。

我不禁這麼想著。

但是，這麼做究竟有什麼意義？即使做了這種事又能如何呢？

明知道時鐘的指針也會前進，周圍的人們也在不斷改變著。

我用理性告訴自己，事到如今就算和早坂同學確認那些也沒有意義。

只會傷害遠野和福田而已。

而且，雖然我說想知道早坂同學真正的感受，但這或許就是她對我所有的想法也說不定。早坂同學也經歷了許多事，向前邁進著。

「那麼——」

在我們打完沙灘排球，準備去釣魚準備晚餐的時候，濱波這麼開口：

「看起來是不需要濱波警察出馬了，不過姑且還是讓我整頓一下交通吧！」

她這麼說著，俐落地下達指示。

早坂同學和福田在海灘東邊，有消波塊的地方放下釣竿。

濱波和宮前，以及大道寺學長在海灘中央釣魚。

我和遠野則是在海灘溪邊的礁石上釣魚。

濱波所謂的整頓交通就是這麼回事。這麼一來，我和早坂同學離得很遠，就不會發生事故。

沒錯，這樣就行了。

我拿起釣魚工具，朝著人煙稀少的礁石方向走去。找了個適合的地方做好準備，就在這個時候。

「那個……桐島同學。」

遠野畏畏縮縮地向我問著：

「我的泳裝怎麼樣……？」

她的表情看起來非常不安。

「啊，抱歉……」

我忍不住道了歉。

遠野真正想說的話大概不是這個。

遠野她察覺到了，我的視線一直追著早坂同學。但由於不敢直接詢問，才用了「我看起來怎麼樣」的說法。

我很清楚遠野因為我一直盯著早坂同學而變得不安的理由，然而這並非是她察覺了我和早坂同學的過去。

而是我們兩個之間的問題。

我們至今還不能做到男女朋友之間普通會做的那件事。

我們曾經嘗試過很多次，但是，無論怎麼做我的身體都沒有反應。我每次都會道歉，那不是遠野的錯。

『沒關係的。』

而遠野每次都會溫柔地回答我。

『我只要能被桐島同學抱著，就非常幸福了。』

當然，所有的原因都在我身上。大概是過往經歷造成的心理問題，或是長年禁欲生活帶來的後遺症。總而言之，我將自己可能做不了那種事的事情告訴了她。

遠野沒有任何過錯。

但無論內心多麼清楚這一點，她依舊會產生男友或許對自己的身體沒有興趣的不安。

隨著不斷度過無法做出那種行為，只是互相擁抱入睡的夜晚，我能感覺到遠野的不安逐漸擴大。她那老是黏著我的習慣，不管怎麼看都是這種不安造成的反應。

遠野現在正穿著花費長時間挑選的泳裝。雖然花紋十分可愛，但露出了許多肌膚，是甚至有點不適合遠野的火辣款式。是為了讓我有那個意思，才努力穿起來的。

但是我的心思卻一直在早坂同學身上。看到我的視線，更進一步擴大了遠野擔心自己沒有魅力的不安。

「不是那樣的。」

我想了一會兒說道：

「是因為在意福田進展得順不順利，不小心看過頭了。」

聽見這句話，遠野臉頰泛起紅潤。

「啊，原來是這樣啊。說得也是呢，畢竟桐島同學很替朋友著想嘛。看來我好像產生了有點丟臉的誤會。」

遠野縮起身子，帶著有些歉意的笑容說著：

「或許我是個獨占慾有點強的女孩子也說不定。」

遠野想得並沒有錯。

之前我的確滿腦子都是早坂同學的事。

我到底在搞什麼啊。

明明有這麼可愛的女朋友，還因為自己的緣故做不了那種行為加深她的不安。

我現在必須做的，是把自己真心喜歡遠野，她是個很有魅力的女孩子這件事告訴她。

「泳裝非常好看喔。」

「……被人一直這樣盯著看……感、感覺好害羞……」

遠野扭動著身體。

不過，她克服了羞恥感，用帶點古怪、鬧彆扭似的語氣說著：

「今天一直跟大家在一起呢。」

「是啊。」

「現在是兩人獨處呢。」

「嗯。」

「這裡沒有其他人呢！」

遠野眯著眼睛注視著我，我放下釣竿走了過去。我將手放在遠野的肩上，只見她仰起下巴，閉上了眼睛。

我還不太習慣這麼做，不過——

我們的嘴唇不斷重疊，遠野的身體逐漸失去力量，臉頰微微泛紅，露出陶醉的表情。眼神彷彿是在懇求似的，半張開嘴看著我。

我將舌頭伸進遠野嘴裡，她很喜歡被這麼做。這大概是一種補償行為吧。在我蹂躪著遠野的口腔時，她總是一副陶醉的模樣，不停呼出濕潤的氣息。而在我準備收回舌頭時，她又會用力吸住我的舌頭，像是在說「還要、再來」一樣。

隨著舌頭不斷吸吮進出，遠野的肌膚變得愈來愈紅。

「請你……抱緊我……」

我緊緊抱住遠野，被汗水沾濕的肌膚緊貼在一起。遠野一邊向我索吻，一邊將自己熾熱的身體貼了過來。

「那個……桐島同學。」

遠野把臉埋進我的脖子上，用幾乎聽不見的聲音說著：

「我……只要能被你觸碰，真的就很幸福了……而且，要是做了這種事，或許桐島同學就能……做得到了也說不定……」

遠野忍不住說出了真心話。

「還是說，我果然——」

我伸手撫摸遠野的胸部。她那隨時會從泳裝布料中彈出的雙峰，連我的手都無法掌握。重量剛剛好，只要稍微用力往上抬，手指就會陷入嫩肉之中。

遠野喘著氣，緊緊摟住了我。

我不想讓遠野感到不安。她沒有做錯任何事，而且非常有魅力。不僅胸部非常豐滿，腰身也因為有在運動相當緊緻，從背部到腰際的曲線也十分煽情。

我想把這些傳達給遠野。

讓她知道我確實覺得她很有魅力，也很喜歡她。

於是我摟住遠野的腰，一邊接吻一邊用力撫摸她的胸部。遠野像是放心了，臉上露出了撒嬌的表情。但是——

幾秒之後，我抓住遠野的肩膀，用力推開了她。

「咦，為什麼——」

遠野顯得困惑，表情十分受傷。

「為什麼不做了呢？果然是因為——我沒有——」

「不，不是這樣的。」

在這麼說著的我面前。

早坂同學就站在那裡。

「抱，抱歉。遠野同學，妳忘了這個。」

手上是一件穿在泳裝外面的白色連帽衫。

「因為覺得妳會討厭被曬傷才拿過來的，不過好像打擾到你們了……」

「不、不會，是我不好，該怎麼說呢。」

遠野臉頰通紅，眼睛開始轉個不停。

「我稍微去冷靜一下！」

從早坂同學手上接過連帽衫之後，遠野便直接朝海之家的方向走了過去。

大概是被看到了毫無防備的模樣，覺得很害羞吧。

然後——

現場只剩下我和早坂同學。

我們沉默了一會兒，互相看著彼此。

有種既寧靜又沉穩的氛圍。

此時早坂同學忽然開了口：

「不行啦，怎麼能那樣推開人家呢。」

接著，她露出熟悉的困擾笑容。

「遠野同學好可憐。」

說完之後，早坂同學朝著遠野離開的方向走去。一定是要去幫剛剛被看到尷尬場面的遠野打圓場吧。

我就這麼呆站在原地。

早坂同學的笑容和話語在我腦中不斷回放，她露出了我在高中時看過無數次的笑容。而剛才的話語中，也確實包含了早坂同學的感情。

我已經有了遠野。我是真心喜歡著，想要好好珍惜她。更重要的是，是遠野拯救了消沉的我。

但是——

早坂同學只是稍微。

露出了跟過去相同的表情。

我的內心就會像失控似的被攪得一團糟。

◇

當天晚上，我們在海灘烤著釣到的魚。

令人意外的是，成果最好的是身為釣魚新手的濱波。沒想到居然能釣到比目魚。依照宮前的說法，濱波似乎是喊著「嗚喔喔喔喔！」氣勢洶洶地甩出釣竿，然後「嘿呀呀呀呀！」地釣到了比目魚。

「想吃比目魚嗎？真拿你沒辦法。當然，我心胸也沒那麼狹窄，分給你是沒問題啦。總之先叫聲濱波大人來聽聽吧。」

濱波開玩笑地說著。

大家都露出了笑容。

劈哩啪啦地飛濺著火花的炭火，以及不斷往返的海浪聲。

面對滿天的星空，感覺只要開口，聲音就能傳到宇宙。

「早坂同學也太有女人味了……」

宮前佩服地說著。

「為什麼這麼會做飯呢。」

「嗯～」

早坂同學靜靜地微笑著，像是在思考似的停頓了一會兒後說：

「畢竟要一個人生活，會做飯比較方便嘛。」

在山女莊料理魚的時候，我們一直都是鹽烤或是油炸。

但早坂同學見到我們釣了許多魚，便返回住處一趟，拿了橄欖油、低筋麵粉和許多調味料過來。接著用油煎，或是沾上奶油醬油和麵粉快炒等方式，將我和大道寺學長切好的生魚片製作成各式各樣的料理。

吃完飯後，大道寺學長叫我去收集浮木。

我撿了一把回來之後，大道寺學長熟練地生起火。大家一起圍著篝火喝酒。

「我要不要也喝一點呢。」

在早坂同學將手伸向啤酒罐時，我一直注視著她的動作。對於早坂同學和啤酒，我稍微有點想法。

早坂同學察覺了我的視線，但卻沒有跟我對上眼。

『桐島同學什麼都不知道，一點都不明白呢。』

有種聽見這句話的感覺。

早坂同學極其自然地徐徐喝著啤酒。她已經變得能冷靜地喝啤酒了。早坂同學的臉頰微微泛紅，或許是有些醉了，但沒有被酒精影響。

會覺得這樣很寂寞，大概是相當傷感又自私的想法吧。

福田和早坂同學正在篝火的對面交談著。

「如果不嫌棄，明天要不要也一起玩呢？」

福田拚命地發出邀請。

「還是說，這樣會給妳添麻煩呢？」

「不，沒這回事喔。」

早坂同學露出了溫柔的笑容。

「畢竟跟福田同學聊天感覺很放鬆呢。」

「太好了。因為這方面的事我不太了解。」

「你是個好人呢。」

「要不要來京都玩呢？」「我有興趣呢！」兩人聊著這樣的話題。

我只能隔著搖曳的火光看著這副光景。

早坂同學是個非常善於交際、態度沉著，也懂得應付男性，還能喝酒的女孩子。

簡單來說，就是不需要我。

看來她一直想告訴我這件事。

她不再像高中那樣，尋求我的幫助、支持和鼓勵了。

『因為我們已經不是那種關係了。』

她彷彿在這麼說一樣。

剛剛交談的時候，我以為自己見到了早坂同學高中時的影子，聽見了她真正的話語和感情。

不過，那或許只是我一廂情願的猜想也說不定。

我看著早坂同學在火光照耀下的側臉，不停地喝著酒。無論喝了多少都沒有醉意。

最後，火堆熄滅了。

在收拾完畢準備回旅館的時候，我們發現早坂同學不見了。

大家此起彼落地說著「是已經回去了嗎？」、「稍微等一下吧」之類的話，不過我決定獨自去找她，順便散步。

走了一會兒之後，我見到了坐在沙灘上的早坂同學。

潔白的月光下，她穿著泳裝注視大海。

感覺就是個「海邊的女孩子」。

我走到她的身邊。

「妳在做什麼？」

早坂同學看著大海回答道：

「我想稍微清醒之後再回去。」

我就這麼跟她一起看著大海。也許我有些應該、想要跟她說的話。但是，那一切都被時間的洪流給帶走了。

中途，早坂同學只說了一句話。

「明天會下雨喔。」

我今天早上看到的天氣預報是晴天，不過——

「因為一直在看，我看得出來的。」

早坂同學在這裡度過了很長的時光。對她來說，站在這裡的我或許是個外鄉人也說不定。

我只是靜靜地站在早坂同學身邊。

在她那冷漠的側臉上，看不出任何感情。

不久之後，遠方傳來遠野的聲音，她來找我了。

「早坂同學也回去吧。」

聽我這麼說，早坂同學隨即起身，但卻失去了平衡讓我一把抱住了她。

事隔數年，我又碰到了早坂同學的身體。

時間就像是靜止了一樣。

寧靜的夜晚，海浪的聲音。

「…………這樣不行啦。」

早坂同學說著。

夏夜的海邊，溫熱的肌膚，早坂同學的心跳聲。

但是——

「……我得走了。」

早坂同學輕輕推開我從我懷裡起身，朝著遠野她們的方向走去。途中一次都沒有回頭。

然後到了隔天——

早坂同學沒有出現。

◇

隔天傍晚，我在回程的車上眺望著窗外。

和去程時不同，景色因為大雨幾乎看不清楚。大顆的雨水落在擋風玻璃上，雨刷忙碌地來回擺動著。

根據新聞報導，似乎是海上突然產生了低氣壓。從早上開始，就一直下著堪稱暴風雨的大雨。

但是，我們依然度過了開心的一天。這是因為早坂同學事先把室內也能開心享受的景點告訴了遠野。雖然都是些能吃到拉麵或是海鮮丼之類的用餐地點，但至少身為貪吃鬼的遠野非常滿足。早坂同學和遠野似乎很合得來。

不過早坂同學本人沒有出現在約好的地方，她似乎一大早就打電話給旅館，請旅館工作人員轉告自己有急事無法參加。

而我們沒有人和早坂同學交換聯絡方式。

既沒有詢問住處，也不知道她就讀的大學名稱。

多麼寂寞的重逢啊。

明明見了面，卻在沒有說「好久不見」，或是「再見」的情況下道了別。

不過，我想就是這麼一回事吧。

痛苦會化為記憶，讓我們逐漸接受當下。

有點可憐的人是福田。

「要是有先問大學名稱就好了……」

這是在大道寺學長為了休息停在休息站發生的事。福田坐在長椅上，垂頭喪氣地看著下雨的光景。

「不過，福田你這麼積極很不錯喔。」

宮前鼓勵著他。

「跟旅行之前比起來，有種……變得更成熟了的感覺。」

「啊、嗯，謝謝妳。另外宮前同學，妳很不擅長安慰人呢。」

遠野站在餐券機前面。

「要選哪個才好呢……」

「咦？已經吃了那麼多拉麵和海鮮丼了說？會胖——」

我閉上了嘴。

因為遠野擺出了熊的威嚇姿勢。

「那麼我就去買德式香腸吧。小時候跟家人出外旅行時，我們一定會在休息站買這個來吃。不知道為什麼，旅行中總是會覺得特別好吃呢。」

我們遵循遠野家的傳統，五人並肩坐在長椅上享用德式香腸。總覺得有些滑稽，我們一起笑了出來。

「請人幫忙拍大家一起吃的紀念照吧。」

宮前興致勃勃地說著。

「妳偶爾也滿孩子氣的嘛。」

「又沒關係。」

宮前似乎非常喜歡我們五個人在一起的感覺，關於這點我也一樣。人們都需要一個能讓自己安心的地方。

我們拜託一個家族出遊的大叔幫忙拍了照片。

五人一起專心啃著德式香腸的模樣，有種非常年輕的感覺。

我就是像這樣，在京都和遠野她們過著沒有早坂同學的生活。早坂同學也會在那座山與海交界的城市度過我所不知道的時光。

我們就會這樣，各自在不同的地方慢慢變得幸福吧。

「我也把照片傳給桐島你嘍。」

當宮前這麼說時，我才注意到。

「怎麼了？」

「我手機不見了。大概是在買土產時掉的。」

「咦？那是在上高速公路之前吧？」

聯絡店家之後，據說他們的確有撿到手機，並且保管了起來。

「這下麻煩了，畢竟還要趕時間還租來的車。」

聽大道寺學長這麼說，我回答道「沒關係的」。

「從這裡好像能走到附近的車站，我搭電車過去，大家就先回去吧。」

雖然電車的班次很少不太方便，但應該能在深夜回到山女莊。

「是嗎。現在風很大，小心點啊。」

大道寺學長覺得油紙傘靠不住，將一把碳纖維骨架的耐風傘借給了我。

當我撐傘打算走向車站的時候。

遠野鑽進傘裡對我說道：

「那個，桐島同學。」

「怎麼了？」

「我今天一直在忍著不去觸碰桐島同學。」

之前擁抱的時候被早坂同學撞見，讓她反省了一番吧。

「然後……那個……」

遠野彷彿頭上要冒煙似的滿臉通紅，用微弱又幾乎難以聽清楚的聲音說著：

「因為我拚命在忍耐……所以等今天回去之後……希望你直接來我房間。我想做平時那種……增進感情的事。」

說完之後，她就像逃跑似的跑出了傘下。

在車站等了約一小時之後，電車終於來了。車上幾乎沒有乘客。由於是單行道，加上強風讓車速放緩的緣故，幾乎感覺不到車子有在移動。

當我抵達海邊附近的土產店時，天色已經完全暗了下來。我向店員道謝拿回手機之後便直接走向車站。

我坐在唯一張長椅上等待回程的電車。雨勢愈來愈大，過了一會兒之後，車站的站務員走了過來，告訴我電車已經停駛了。

儘管如此，我依舊等著電車恢復運行。不過，即使過了一兩個小時，依然沒有恢復的跡象。

最後到了必須放棄回去，尋找地方過夜的時間。

但由於這裡不是大城市，沒有漫畫咖啡廳或膠囊旅館之類的地方。

我試著聯絡住宿過的旅館，但據說客滿了。好像有很多跟我一樣，想回家卻回不去的觀光客在到處打聽旅館是否有空房間。

看來是找不到過夜的地方了。

我呆站在車站出入口的屋簷下。

畢竟是夏天，直接留在這裡過夜也行。另外我用手機搜尋了一下，在十公里左右的國道上似乎有間卡拉ＯＫ店，冒著雨走去那裡也可以。

但是問題在於無法保證明天早上電車一定會恢復行駛。

就在我思考著該怎麼辦的時候。

有個撐著漂亮雨傘的人走在車站前的路上，她在看到我之後，停下了腳步。

是早坂同學。

「桐島同學，你怎麼在這裡？」

「我掉了東西所以回來拿。結果電車停駛，也找不到住的地方。」

「是嗎。」

早坂同學不帶感情地說著，再次邁步走過了我面前。

但是——

走了幾步之後，她朝我轉過頭來。

「……笨蛋。」

小聲地這麼說，然後再次用既像是在哭又像在笑，充滿感情的表情說道：

「桐島同學這個笨蛋！」

沒錯，我是個大笨蛋。

無論發生了什麼事，我都不該回到這裡。應該就這麼在不知道聯繫方式，一無所知的情況下，把她當作夏天的殘影才對。

要說為什麼——

早坂同學在夜晚的海邊差點跌倒時，我抱住了她。當時早坂同學立刻離開了我的懷抱。

但在那之前的幾秒鐘裡。

『…………這樣不行啦。』

早坂同學一邊這麼說，一邊將手環繞在我背後，用力地抱住了我。而我也用力緊抱著她。

我曾做出要將過往戀情視為特別的東西，所以不去展開新戀情的結論。因為一旦談了新戀愛，當時的戀愛感覺就會變成眾多戀情的一部分，為了不變成那樣，我一直壓抑著自己的感情，拒絕了戀愛。

但是事情並非如此。

跟早坂同學的戀情的確是特別的，她真的是個特別的女孩子。

那從一開始就不可能被我當成眾多戀情的一部分。

而且，對早坂同學來說或許也是一樣的也說不定。

撐著傘的早坂同學，左手戴著一枚戒指。

那個戒指——

是聖誕節當天，我在折扣商店買給她的便宜戒指。

第8話　你就忘了吧

早坂同學獨自生活的房間，是在一間小型雅房公寓的二樓。
雖然屋齡有點大，不過房裡設有空調以及獨立洗手檯。走進房間時，見她看起來過得非常舒適，我鬆了口氣。
房間給人一種非常早坂同學風格的感覺，窗簾和坐墊都很可愛。不過，書桌上整齊地放著看似很認真的書。
早坂同學就讀的是一所關西地區公立大學的理工學系。雖然大學的校區在更靠近都市的地方，但據說是明年分到的研究室似乎在這附近，她才決定住在這裡的。
這是一間可愛與嚴肅並存的房間。
「遠野同學知道我的聯絡方式喔。」
進入房間之後，早坂同學立刻這麼說著。
「她明明說過不知道的……」
「女孩子是看得出來的喔。從感覺和氛圍，就能隱約知道兩個人之間的相性怎麼樣。所以大概是不希望桐島同學意識到什麼吧。」
「我想她之後應該會告訴福田同學喔。」早坂同學說著。

「遠野同學的直覺很準呢，那一頭漆黑的長髮也有點像那個人。雖然喜歡吃東西和喜歡黏人這點跟我一樣就是了。」

早坂同學說到這裡笑了出來。

「她真的很喜歡桐島同學呢。」

「我沒那個打算就是了。」

「我喜歡遠野同學。」

這是早坂同學發出的牽制。

意思是要我明天早上電車恢復行駛後就回京都。這裡只是臨時過夜，用來睡覺的地方罷了。

「家裡也有準備給客人的被子。啊，是給媽媽和女性朋友用的喔？沒有男生來住過啦。呃……這種事沒必要告訴桐島同學吧……」

機會難得，我們稍微聊一下吧。

早坂同學這麼說完，從冰箱拿出兩罐啤酒放在桌上，然後說著「桐島同學坐著就好」，便逕自走到小小的廚房裡開始製作料理。

過了一會兒，她放在桌子上的，是一道燉茄子。

這是我喜歡的菜，也是早坂同學在高中時練習過的料理。

放下盤子後，早坂同學有些尷尬地低著頭，像是在掩飾什麼似的打開啤酒罐，喝了一口之後開口說道：

「讓我聽聽桐島同學的故事吧。」

我說出了自己在京都的大學生活。

像是住在廉價公寓的事、老是在釣魚的事。以及現在因為出外旅行所以穿得很正常，平時總是穿著高木屐和簡便和服生活的事。

「遠野同學的心胸太寬廣了……」

「咦？早坂同學不喜歡嗎？」

「我絕對不會允許那種裝扮的！話說回來桐島同學，你怎麼沒戴眼鏡？」

「因為上了大學，打算稍微轉換心情……」

「有種色瞇瞇的感覺，很討厭耶！」

早坂同學啪～！的一聲拍了我的背。還真是亢奮耶，我這麼想著轉頭一看，才發現早坂同學臉頰紅通通的，眼神變得朦朧。

咦？已經喝醉了？在這種神智不穩定的狀況下？在海邊明明很正常的說？

雖然這麼想，但我很高興能見到早坂同學有精神的樣子。

「也聊聊你跟遠野同學之間的事吧～」

早坂同學揉捏著我的臉，她已經完全喝醉了。

實在沒辦法，我講出了遠野打麻將快輸掉的時候，擺出熊的姿勢搶走點棒的故事。早坂同學聽了笑得很開心。

「我也被那樣對待過喔～」

「咦？什麼時候？」

「在海邊的時候。當時我用『妳想跟桐島同學做什麼呢～』開了她的玩笑。」

是我們在親熱時被早坂同學發現的事。她似乎用那件事去捉弄遠野，成為大學生的早坂同學似乎很愛惡作劇。

據說當時遠野似乎紅著臉到處逃竄，最後擺出了熊的姿勢展開反擊。

「結果怎麼樣了？」

「我說『我也不會輸喔～』用胸部砰的一下，就擊退她了！」

看來早坂同學是用胸部撞了過去，讓人有種她們到底在做什麼的感覺。是說，早坂同學真強啊。

「遠野同學就算被人稍微捉弄一下也沒關係啦。畢竟跟男朋友感情那麼好。反正回到京都之後……你們一定又會親熱吧？」

「就說沒那麼簡單了。」

我也藉著酒勁說著：

「我既沒有做過，也沒辦法做那件事了。」

我將自己身體情況變成那樣，以及跟遠野嘗試過很多次卻做不到，讓遠野感到不安的事情告訴了早坂同學。

「咦？連自己一個人……也沒做過嗎？」

「嗯。」

我向她說明了自己持續過了兩年以上的禁欲生活。

「因為這樣變得做不了，那不是自作自受嗎！」

早坂同學滿臉通紅地說著：

「咦，話說你為什麼要做這種事呢？」

「該說是覺得……只要不做這種事，或許就會有什麼改變嗎……」

「桐島同學就是有這樣的一面呢！我覺得不太好喔！」

早坂同學這麼說著，一罐接一罐地喝光啤酒。

「桐島同學也喝嘛～！」

她邊說邊將身體靠了上來。

「完全就是在發酒瘋嘛……」

「畢竟在別人面前又不能喝醉。」

早坂同學果然總是被人用那種眼光看待，男人似乎都會立刻想灌醉她。

「之前也遇過相當危險的情況喔。被灌醉之後，不知不覺就到了沒有電車的時間，身體差點就被人摸了。」

那是身為男人的我沒有經歷過的感覺。

「我不只一次把錢丟下離開居酒屋，去漫畫咖啡廳之類的地方待到天亮。看起來像是好人或是很認真可靠的人，到頭來都會做出那樣的事。」

喝醉的早坂同學臉頰微微泛紅，身體也變得柔軟，確實能感覺到讓男人失控的魅力。

「要是桐島同學能讀同一所大學，好好地當男朋友保護我就好了呢。」

說完之後，早坂同學一副想到什麼似的閉上了嘴。
「……抱歉，剛剛的不算。」
早坂同學無精打采地低著頭。
「那是大一時的事。現在我已經沒事了，就算桐島同學不在也完全沒問題。」
但是，說出的話是收不回來的。
氣氛瞬間變得沉靜。我們在那之後都稍微有了成長，知道根據情況不同，有時候並不適合向對方吐露真心話。
而今晚，我們必須演這樣的一齣戲。
否則，又會變得跟那時候一樣。
我和早坂同學都很清楚。
「該睡了吧？」
之後我們輪流去洗了澡，沒有再進行任何正常的對話。因為要是繼續聊下去，感覺就會觸及事情的核心。
當我從浴室出來時，地板上已經鋪好客人用的被子，我躺了進去。等早坂同學吹好頭髮後，她便躺上自己的床關掉電燈。
只要這麼睡到早上，接著返回京都就行了。
但是——
我睡不著。早坂同學光是稍微移動發出衣物摩擦的聲音，我就會在意得不得了。

暴風雨的夜晚，孤男寡女共處一室。

對方是特別的女孩子，我還記得在海邊擁抱時的觸感。只要再做一次，總覺得高中時的感覺就會再次甦醒。

但是，不能讓時間回到過去。

當我抱著這種糾葛，硬是逼著自己閉上眼睛的時候。

我感覺到早坂同學從床上坐了起來，然後掀開了我的棉被。

「對不起喔、桐島同學，對不起。」

早坂同學這麼說著的同時，鑽進了被子裡。

「為什麼要來這裡？為什麼要回來？為什麼要在海邊抱住我呢？我明明還忘不了桐島同學。」

背上傳來早坂同學的觸感。

「桐島同學，你睡著了吧？不可以醒過來喔。桐島同學今晚就這麼睡著了，什麼都不知道。」

早坂同學從後方抱住了我。

「這是最後一次，我們不會再見面了……所以稍微……」

剛洗完澡的體溫，讓我回想起了剛吹完頭髮的早坂同學。她那紅通通的臉，緊繃著T恤的胸部和白皙的大腿。

「只要稍微感受一下桐島同學，就告一段落吧。我已經沒事了。」

我們大概是一樣的。

「我呢，覺得桐島同學能過得幸福是件好事。真心覺得你能跟遠野同學交往真是太好了。」

想要忘掉過去向前邁進。但是內心仍有些地方裹足不前，彼此都很清楚這種感覺。

「桐島同學，就算跟遠野同學像這樣抱在一起……也沒有反應對吧。雖然你之前說是因為自己沒有做的緣故，但其實是因為我們的關係吧？剛剛我趁桐島同學洗澡的時候調查了一下，據說會沒有反應……大多時候是因為心理因素……」

所以。

為了恢復高中時的感覺。

為了讓我和遠野能夠做那件事。

為了讓我能從早坂同學身上畢業——

「我現在就來幫你的忙。」

◇

穿著內衣的早坂同學從身後抱了上來。我身上也只有內褲，背上能感受到她溫暖柔嫩的肌膚。

從頭到尾我一直在裝睡，衣服也是早坂同學幫我脫的。

「桐島同學並沒有背叛遠野同學。畢竟睡著了，什麼都不知道。我也只是幫忙……事到如今，我也對桐島同學沒有感覺了嘛……」

這只是為了幫助遠野同學，所以——

「要好好制定規則呢。雖然桐島同學睡著了，可能什麼都不知道就是了。」

早坂同學低聲說著。

第一，我不可以動。

第二，不能接吻。

第三，無論早坂同學說了什麼，全部都是謊話。

「你明白是什麼意思吧？全都是我擅作主張。因為現在要是順著我們的想法去做，是不會有好事的。」

早坂同學也是煩惱著過了好幾年，好不容易才得到了平靜的生活。

「我呢，希望遠野同學和桐島同學能夠順利，是真的喔。」

早坂同學吻著我的背部。看來不接吻是指嘴對嘴。

「畢竟遠野同學是個好女孩。如果是遠野同學的話，我覺得非常棒。」

早坂同學抱著我，將身體的各個部位貼了上來。雖然她似乎不打算脫掉內衣，但光是大腿和手臂就已經非常柔軟。更重要的是早坂同學的抱法充滿愛意，使我產生了想立刻轉身抱住她的衝動。

但就在我準備移動身體的時候——

「不可以喔。」

早坂同學彷彿吹氣似的在我耳邊小聲說著：

「我真的只是想幫上忙，就是這樣而已。我現在對桐島同學已經沒有任何想法了，只是在最後稍微……」

已經沒有任何想法了。早坂同學一邊這麼說，一邊用充滿憐愛的動作撫摸著我的身體。然後移動到我的正面，開始親吻我的鎖骨、胸部和腹部。早坂同學的舌頭和柔軟的手指觸碰著我的肌膚。

「桐島同學會覺得興奮嗎？」

早坂同學抓著我的手，觸碰著她身體的各個部位。感覺既柔軟又滑嫩。

「大家都很想要我的身體喔。」

她這麼說著，再次抱住了我。

「轉學之後也很辛苦呢。」

早坂同學講述著。

她似乎是轉到了都外的學校，在那裡也立刻交到了朋友。雖然只剩下一年，但還是度過了相當開心的高中生活。

「但是，男生們的追求讓人很困擾。畢竟他們太強硬了嘛。大概是我走路時老是沒自信地低著頭，讓他們覺得有機可趁吧。」

她看起來就是個長相跟身材姣好，但內向又畏畏縮縮的女孩子。

或許男生們覺得她很好搞定。

「告白被拒絕之後他們就會反過來發脾氣，還好女孩子們幫助了我。之後我去跟老師商量，結果那個男老師每天會都跟我聯絡……」

當時早坂同學已經不再珍惜自己，沒有那麼做的餘力了。因此才會差點遭到襲擊。

這件事演變得很嚴重，最終導致一名老師辭職，早坂同學周遭的環境才平靜了下來。

「通勤也很辛苦呢，要搭很久的電車。」

她肯定經歷了很多事吧。之後上了大學，酒會和聯誼也很是辛苦。

「不過呢，之後我學會了『封閉』內心。」

早坂同學常去看海。當她站在沙灘上時，總是會有男人跟她搭訕。而每當這種時候，她都會內心陷入極度的悲傷和寂寞之中。

「只要這麼做，大家都會主動離開。畢竟沒人會想留在寂寞、寒冷又悲傷的地方對吧？」

早坂同學變得能主動陷入那種情緒之中。

我回想起在海邊時，跟早坂同學那空虛又宛如空殼般的對話。

「現在我是『打開』的喔。」

「因為見到了桐島同學。」早坂同學說著：

「吶，桐島同學有感到興奮嗎？要是沒有的話，感覺有點討厭呢。畢竟我一直因為自己的性格和長相吃了很多苦頭，桐島同學應該很清楚吧？」

早坂同學再次一邊吻著我的身體，一邊將身體貼了上來。

熾熱的肌膚、濕潤的氣息。

早坂同學正用她那不再示人的柔軟內心和身體觸碰著我。

「我知道喔，桐島同學也一樣，壓抑著自己的真心對吧？桐島同學總是胡思亂想，才會走到這一步呢。我覺得這樣也不錯。但就是因為這樣，你才會沒辦法跟遠野同學做喔。」

所以——

「讓我們稍微回憶一下高中時的感覺吧？」

早坂同學說道。

「吶，想像一下我穿制服的樣子吧。」

我想像著早坂同學身穿制服，露出開朗笑容的模樣。

「跟以前一樣年輕，那個曾經最喜歡桐島同學的我，現在就在這裡喔。」

早坂同學抓起我的手，觸碰著自己的身體。從臉頰、肩膀、到腹部跟大腿。她的身上已經不是制服，而是穿著內衣。

「稚嫩又懵懂無知的我，光是被桐島同學觸碰，肌膚碰在一起，就變成這樣了喔。」

我的手被引導到那個部位。她已經變得既熾熱又濕潤，即使隔著布料也能感覺到。

「吶，桐島同學想對我做什麼都行，可以隨心所欲地擺布大家都想要的這副身體喔？那麼做我也會很高興的。」

早坂同學用腳夾著我抱了上來，我的那個接觸到了早坂同學的那裡。

「我喜歡你，桐島同學……啊、啊……啊……」

早坂同學發出甜膩的呼吸聲，不停地用那裡進行摩擦，同時舔著我的肩膀和胸口。我全身被她溫熱的肌膚包圍，感覺非常舒服。

「桐島同學可以進到我的裡面，最深處的地方喔。那樣一定會變得非常舒服的。」

她的氣息非常接近，是我只要稍微動一下就能接吻的距離。我冒出了想一邊接吻，一邊盡情抱住她那香汗淋漓的柔軟身體的衝動。但是，一旦我準備稍微挪動身體——

「不行喔，桐島同學是睡著的。」

早坂同學這麼說著，用自己的身體替我的身體各處帶來快感。

「吶，想像一下，進到我身體深處的感覺吧。我的裡面舒服嗎？我很舒服喔。看吧，我從下面抱著桐島同學，表情相當幸福。」

在想像之中，我們正慢慢地交合著，一邊接吻一邊進入深處，早坂同學吐出了熾熱的氣息。

「快看，因為桐島同學這麼溫柔，我已經快要融化了呢。吶，給我更多親吻、更多擁抱，疼愛一無所知，純潔無瑕的我吧。」

早坂同學緊緊地抱著我，在我耳邊輕聲說著。這使我忍不住伸手想要抱緊她，但她仍然說著「忍住」阻止了我。

「摸我的胸部吧。」

我在想像中觸碰了早坂同學胸部的前端。於此同時，現實的早坂同學也將胸部壓在我的身上。現實中的她身上穿著內衣。

「桐島同學覺得，我在內衣底下的胸部怎麼了呢？」

我想要加以確認，可是——

「不可以動，只能想像喔。」

我感受著早坂同學帶來的快感，想要有所動作。接著遭到制止，繼續忍耐。

這種情況不斷重覆著。

早坂同學的氣息拂過耳邊。

「吶，桐島同學。高中時的我做出了很驚人的事喔，因為想要更多，正害羞地挺起腰了呢。桐島同學也很舒服嗎？應該很舒服吧？畢竟已經進到深處了呢。不過，還是多做一點吧。讓我拚命地發出呻吟，變得更喜歡桐島同學吧。這麼一來，桐島同學也會更舒服的。」

想像中的早坂同學是真心地喜歡著我，明明已經抱得那麼緊，卻還想變得更加親密。她一邊雙腿交叉纏著環住我的背後，一邊引導我的舌頭伸進她的嘴裡。這讓我也想要更加深入。

「好厲害，年輕的我已經快要去了。啊、桐島同學、啊……」

現實的早坂同學渾身發燙地抱著我，將那裡貼了上來，同時微微地顫抖著。

「來吧，跟我做到最後。沒錯，啊、討厭、啊——」

早坂同學用指甲抓著我的背，身體劇烈地顫抖了兩三下。

急促地喘著氣。

「太好了呢，桐島同學。」

早坂同學沉浸在餘韻之中說著：

「這麼一來，就能跟遠野同學做了。」

我的身體——產生了反應。

這是許久不見的感覺。

是慾望。

明明對其他女孩完全沒興致，但只是抱住現在的早坂同學，想像著她高中時的模樣，就輕而易舉地有了反應。

雖然不想承認，但是——

或許我的靈魂還被束縛在那段時光中也說不定。

「沒關係的，這只是個契機。只要想起這種感覺和遠野同學做就行了。這麼一來，遲早就算面對遠野同學也會有反應的。」

早坂同學一邊這麼說，一邊非常憐愛地撫摸著我的身體。

這種久違的衝動，讓我變得近乎瘋狂地想要抱住早坂同學。她的身體早就做好了準備，現在立刻就能夠做。

「桐島同學的……好厲害……」

我的那個抵住了早坂同學的下腹部。

好想做。如果我打算出手，早坂同學一定會開口拒絕吧。但只要強行去做，她肯定會跟想像中一樣發出呻吟，變得一塌糊塗吧。好想緊抱著她熾熱柔軟的身體、親吻著她，讓她失控般地迷上我。但是——

「不行喔，我們必須忍耐才行。」

就算這麼說，但距離天亮還早得很。在這種狀態下，我沒有自信能忍得住。

所以——

「我再稍微幫點忙，會讓桐島同學輕鬆一點的，好嗎？」

早坂同學這麼說著，輕輕推動我的身體，讓我仰躺在床上。接著跨坐到我身上，拉開我的內褲。

她濕潤的內褲碰到了那個位置，我忍不住挺起了腰。

「不行喔，桐島同學要跟遠野同學做。所以不可以動，遵守規則，好嗎？」

早坂同學這麼說著，雙手溫柔地包覆著我的那裡，開始動了起來。

「能感覺到……桐島同學的……好熱……」

浸濕的那個隔著早坂同學的內褲發出水聲，她濕潤的那裡，以及柔軟的手，溫柔地包覆著我的情慾。

「這樣，就像真的在跟桐島同學做一樣呢……」

早坂同學隔著內衣濕潤的那裡滑順地移動著，發出黏稠的水聲。

「桐島同學，對不起我不能全部幫你做，只能做到這裡。但是，就這樣變得舒服吧。啊……啊……」

無止盡的愛意從早坂同學身上傳了過來。接著她雙手用力，緊緊地握住了我的那個。

「桐島同學、桐島同學、桐島同學、桐島同學——」

下個瞬間，一股讓人腳軟的快感襲來——

我射到了早坂同學的手上。

暫時變得動彈不得。

現場一片寂靜。

只有兩人的喘息聲。

沉默之中，有種做了許多交流的感覺。

最後——

「太好了呢，這樣就能跟遠野同學做到最後了。」

早坂同學用開朗的語氣說著：

「已經不要緊了，就算沒有我在也沒事了呢。」

我什麼都說不出來。

「……對不起。」

早坂同學的聲音失去了活力，然後笑著用帶有哭腔的語氣這麼說：

「我現在依然喜歡桐島同學。」

所以——

「現在立刻回京都去，然後不要再出現在我面前。」

◇

在天亮前最昏暗的時刻，我搭著車前往山女莊。

「回京都去。」

早坂同學這麼說完，稍作休息之後穿好衣服，從抽屜裡拿出了鑰匙。

「妳會開車了呢。」

「嗯……畢竟雨也停了……我送你回去。」

早坂同學的車是一台可愛的鈴木牌小型轎車，似乎是輛便宜的中古車。據說是買來應付在這裡的生活，以及往返位於都市區的大學校區。

「話說早坂同學，妳剛剛不是有喝酒嗎？」

在離開房間前我這麼說著，只見早坂同學很尷尬地別開了視線。

我看了一眼放在桌上的空罐，上面寫著酒精含量為零。

「咦？喝無酒精啤酒居然醉成那樣嗎？」

「桐、桐島同學不是也說了『頭好像有點痛』嗎！」

我們都是容易被牽著鼻子走的那類人。

於是，我們就這麼啟程前往京都。

「桐島同學，你的手是什麼意思。」

早坂同學不滿地看著我，這是在等紅綠燈時發生的事。

我坐在副駕駛座上，緊抓著裝設在天花板附近，正式名稱叫做車內扶手的握把。

「出發的時候，你也反覆確認了安全帶吧……」

「不，該說這是正常行為，還是怎麼說呢……」

「我可是很會開車的！在駕訓班也被人誇獎了！」

即使她這麼說，早坂同學在我心裡的形象就是冒失。一想到她正在開車，身體就會反射性地變得僵硬。

「真是的～我生氣了！」

早坂同學直接把油門踩到抵達法定速限。

但是，這種搞笑的氣氛也只有一開始，我們很快就沉默了下來。

夜晚的高速公路，以相同間隔設置的路燈一盞盞地流向後方。

總有種非常寂寞的感覺。

車子下了高速公路，沿著河岸的國道行駛。夜景朦朧。在那些燈光中，大家都幸福地沉睡了嗎？

便利商店、棒球打擊場、卡拉ＯＫ店。

這次兜風能一直持續下去就好了。

我不由得這麼想。不過，我們不能一直待在同樣的時間裡，而是要向前邁進。

我曾經有機會能和早坂同學交往，但我們必須讓事情告一段落，讓一切變成過去。

而且我們發現，被早已結束的東西牽著鼻子走是不正常的。

「我知道喔。」

早坂同學說著：

「桐島同學是煩惱了很久，才跟遠野同學交往的。」

她的側臉看起來非常平靜。

「我曾經想過去尋找桐島同學，跟你見面。乘著電車、乘著巴士離開那座海邊城市。然後我們互相告白、再次交往，走向快樂結局。」

「但是，那是不可能的。」早坂同學說道：

「要我跟桐島同學交往，變得幸福是不可能。一想到那個人，我就沒辦法這麼做了。所以我們才只能各奔東西。」

「我們只能各自變得幸福。」

她說得沒錯，我跟早坂同學不可能若無其事的開始交往。

早坂同學刻意不說出那個名字。

所以——

「桐島同學和遠野同學交往，是非常正確的決定。甚至讓我想開口道謝呢。」

早坂同學這麼說，臉上露出了那有點困擾的笑容。

之後我們再也沒有說話。

來到山女莊附近時，車子停了下來。

「這附近就行了嗎？」

「嗯，謝謝妳。」

「……我現在很幸福。」

早坂同學說道：

「我一點都不喜歡桐島同學。」

「嗯。」

「今晚說過的話，全都是騙人的。」

「規則就是那樣。」

「會戴著戒指，也是為了趕跑男人。」

「我知道了。」

早坂同學將額頭靠在握著方向盤的手背上，遮住自己的表情。

「快點走吧……拜託你……」

雖然想說些什麼，但我很清楚這樣毫無意義。所以我摸了摸早坂同學的頭，開門下了車。

在車門即將關上之前，早坂同學開了口：

至於我——

「你就忘了吧。」

◇

當我轉彎走進通往山女莊的私人道路時，才發現遠野正穿著運動服坐在櫻華廈的門口。

「桐島同學！」

看見我之後，她立刻起身朝我跑了過來。

「為什麼……」

見到我驚訝的模樣，遠野笑著說：

「因為我們約好了今晚會回來，而且桐島同學真的回到了這裡！」

居然等到了再過不久就要日出的這個時間——

「妳一直在等我嗎……」

遠野有些害羞地低著頭。

「看來我似乎比自己所想地，更加、更加喜歡桐島同學呢。」

我想像著遠野等待時的情況。

雨下了又停，夜晚愈來愈深，這段期間她一直坐在這裡。

臉上掛著無所謂的表情，側眼看著來來往往的居民。即使有了睡意，她仍然一直等著我出現在路上。

在遠野這麼做的期間，我卻一直待在早坂同學的房間裡，觸碰著早坂同學的肌膚，滿腦子都在想以前的事。

我不禁產生了自己到底在做什麼的想法。

遠野明明對我一心一意，那麼的專情。

「抱歉。」

我抱住了遠野。

「為什麼要道歉呢？桐島同學不需要道歉，因為，你有、好好地……」

此時遠野的聲音開始有了哭腔。

「呃，這是、那個、不是的。」

遠野吸著鼻子。

「該說是有點擔心嗎。總覺得，有種桐島同學會就這樣離開的感覺，然後、所以……嗚、嗚嗚……」

遠野雖然試圖忍耐，但終究還是忍不住，最後哇的一聲哭了出來。

她覺得很不安，所以才一直等待著。而且直到現在，她都沒有追究我為何到了這個時間都沒有聯絡，以及怎麼回到這裡的。

「真的很對不起。」

我再次道了歉。

「別擔心，我已經回來了，哪裡都不會去的。」

我緊緊抱著遠野，不停摸著她的頭直到她情緒平復為止。接著遠野或許是恢復了精神，她扭動身子，用力地回抱著我。

然後「嘿嘿」笑了一聲。

「妳居然用我的衣服擦鼻水啊。」

「這是讓我擔心的懲罰。」

接著遠野抬起頭，露出像是在鬧彆扭的表情說著：

「……如果接很多次吻的話，我也不是不能原諒你喔。」

我吻了遠野。

我不會再讓遠野不安、擔心了。

無論過去的戀愛有多特別，我的內心有多麼混亂，都不該忽視遠野才對。

我順著遠野的要求不停吻著她。

然後進到房間裡——

跟遠野做到了最後。

◇

早坂同學說得沒錯。

我不可能無視那個初戀的女孩子，和早坂同學交往。

那段戀情的確很特別。無論是肌膚的溫度，還是彷彿刺穿胸口的疼痛，全都鮮明地烙印在我的心中。

不過，我們三個人只能分道揚鑣，設法各自變得幸福。

我應該把早坂同學給忘了。

就算拘泥、沉浸在過去的戀情中也沒有任何意義。

我不該再去那座靠海的城鎮，更何況因為有遠野在，甚至不該產生那種想法。

自從那場旅行之後，我跟遠野的感情變得更好了。

因為不是在拍電影或電視劇，所以我們的關係並不會突然變得特別，而是會在互相交流好感的過程中，逐漸把對方當成特別的存在。

這肯定就像在自助洗衣店度過同樣的時間，或是經過好幾次肌膚之親時一樣吧。

那天我也去了遠野的房間。說起為什麼要去她房間，是因為我房裡沒有空調這個實際的理由。

週末晚上，我們一起用電視觀賞電影。

遠野撒嬌得比以往更頻繁，由於她要參加排球社集訓，這是我們久違共度的夜晚。

我們坐在靠墊上看著電影，但遠野沒有看畫面，而是像貓一樣貼在我身上不停磨蹭著。

見我依然把注意力放在電影上，她朝著我的腦袋用力拍了幾下，關掉了電視。

接著遠野裝作若無其事地走到床邊，用棉被蒙著頭縮成一團。她是個容易害羞，會主動挑逗別人的女孩子。

我鑽進了遠野的被子裡，從背後抱住她，遠野隨即笑容滿面地轉了過來。

「我一直覺得好寂寞。」

「每天都有打電話就是了。」

「感覺桐島同學好見外。」

「畢竟我知道妳身邊還有女排社的社員。」

見遠野仰著臉，我吻了她。接著她立刻將舌頭伸了過來。當我回舔她的舌頭時，遠野隨即吸住，並將我的舌頭引導到自己嘴裡。

我撫摸著遠野的胸部，她身上沒有穿胸罩。而就在不斷撫摸的過程中，前端變得即使隔著T恤也能明顯感覺到變硬了。

「請、請別讓人家這麼害羞啦……」

「要停手嗎？」

「如果桐島同學強勢一點……我也不是不能繼續……」

遠野在這方面非常害羞，有著淑女般的一面。不過，她大概也有想做那方面事情的想法。於是從結果上來看，就變成了因為我強硬地採取行動，她被迫接受的狀況。

我理所當然地回應了遠野的要求，彼此的理解就這麼逐漸加深。

我隔著T恤舔舐遠野的胸部，由於衣物變得柔軟，刺激能夠直接傳導過去，使得遠野開始扭動身體。

「桐島同學……」

遠野的身體逐漸失去力氣。我將手伸進了她的短褲，拉開內褲觸摸著那個位置，已經變得熾熱又濕潤了。

我一邊吻著遠野，一邊用空出來的手撫摸胸部，玩弄著那個地方。漸漸地，遠野露出一副有話想說的表情注視著我。

我將衣服脫掉，遠野也脫掉了衣服，我們一絲不掛地擁抱著彼此。

遠野喜歡在開著空調的房間裡裹著被子這麼做，我也一樣。像這樣無論做什麼都會碰到彼此的肌膚，能夠沒有任何隔閡感受對方的體溫，讓人感覺非常幸福。

我們就這麼暫時擁吻了一會兒。不知不覺間，我們變得想要更深地和對方交融、連繫在一起。於是，遠野害羞地張開了雙腿。我撫摸著遠野的頭，做好準備，逐漸進入了遠野的裡面。

遠野的那裡纏得非常緊，能夠明顯感覺出遠野的輪廓，也能讓遠野感受到我的形狀。

在抵達深處之後，我因為快感忍不住叫了出來。遠野見狀露出開心的表情，緊緊地抱住了我。她似乎很喜歡我覺得舒服的表情，還說出了「希望你更舒服一點」這種話。但我也想讓遠野感到舒服，所以動了起來。

當我抽出時總會響起水聲，被縮緊吸進內部。而當我逐漸深入時，又有種被推開的感覺，每當這個時候，遠野都會發出呻吟。

我反覆不斷地重複這個行為。

從海邊城鎮回來的那天，我們做了第一次。當我進入遠野的裡面時，她流下了眼淚。

『這只是那個……因為很痛所以哭了而已。』

遠野果然對做不了的事情感到不安。而就在做到之後，遠野高興地哭了出來，使我產生了想好好珍惜她的心情。

我想讓遠野知道自己是真心喜歡著她，並對她感到興奮。於是便在她的裡面動了起來。

我不再追逐早坂同學的幻影。

我的確得到了早坂同學的幫助。第一次的時候，我是帶著罪惡感跟遠野做的。

在撫摸遠野胸部的時候，我想起了早坂同學。

但是現在，我正好好地抱著遠野，跟她做著。

「桐島同學，再來……還要……」

遠野一副陶醉的表情，反射性地配合著我的動作，從下面動起了腰。快感進一步增加了。

「桐島同學……」

遠野氣喘吁吁地說著。

「今天……我想邊接吻邊做。不然、會叫出來的……」

「那樣又要挨宮前的罵了。」

「嗯。」

遠野第一次高潮，是在第三次做的時候。當時她一樣在這張床上，一邊顫抖著身體，一邊不停地說著喜歡我。

由於宮前就住在隔壁，隔天她滿臉通紅地對我們說著：

「做、做得太過頭了唄！連我都害羞到快要死掉了！」

在那之後，我們都會注意音量。

「桐島同學，快點……啊……討厭……」

我堵住了遠野的嘴。她抱著我，雙腳夾住了我的背部。遠野的身體非常柔軟，緊緊地貼著我，感覺很舒服。遠野、遠野、遠野、遠野。

「桐島同學，我喜歡你……呀、啊、好深！」

遠野的身體愈來愈熱，全身香汗淋漓，變得更加柔軟。最後——遠野顫抖著身體，那裡緊到讓人難以置信的程度，同時用力吸著我的舌頭，抵達了高潮。

因為想看遠野全身無力的模樣，我掀開了棉被。

「不行……」

嘴上雖然這麼說，但遠野完全沒有抵抗。而且，她的身體非常漂亮。

「現在不行。真的會……叫出來的……」

「宮前好像回老家去了。」

據說是奶奶出院要回去慶祝。

而另一側的隔壁則是空房間。

「我想聽著遠野的聲音做。」

聽我這麼說，遠野猶豫了一會兒，最後摀著臉說道：

「只有……今晚喔……」

◇

隔天我醒來時，時間已經過了中午。

我因為窗外射進的刺眼陽光醒了過來。

遠野早就醒來，整個人貼在我身上。當她發現我醒了之後，立刻露出一副鬧彆扭的表情，輕輕地敲打著我。

「床上的桐島同學真是壞心眼！給人家留下了一堆羞恥的回憶！」

「抱歉抱歉。」

我道著歉抱住了她，兩人像狗貓般玩在一起。遠野很快就露出了笑容，說著「我肚子餓了」這種話。

「去吃點東西吧。」

「好！」

我這個人還真是沒藥救呢。做那種事到早上，一直睡到中午，然後去找東西吃。

沒有絲毫戲劇性，也沒有任何值得稱讚的地方。不過這大概就是所謂的平凡，以及幸福吧。

看來遠野似乎也察覺了我的想法。

「嘿嘿。」

她笑著將額頭抵在我身上。

「我們要一直在一起喔。我會努力打排球的！只要進了實業團，就算桐島同學沒工作也會有辦法的！」（註：實業團是由日本企業出資培養的運動隊伍。）

「怎麼把我是個廢柴當作前提啊。」

沒問題的。

我已經不要緊了。

就算早坂同學不在也沒關係，已經不需要傷害任何人了。

正當我這麼想的時候。

牆壁的對面發出了東西掉落的聲音，是生活的聲音。是從宮前房間的反方向傳來的。

「搞砸了……」

遠野變得滿臉通紅。

「難不成。」

「嗯，明明有好好打過招呼，但我卻忘記了。」

好像是上個星期新住進來的。

「昨天晚上我的聲音絕對被聽到了……」

遠野用雙手摀著臉。

「這下沒臉見人了，明明約好下次要一起去吃飯的……」

看來新住戶似乎是個女孩子。

「無所謂吧，只不過是遠野會被當成有點那樣的女孩子而已——」

「都是桐島同學的錯！」

「我的錯～？」

但是，已經發生的事也無法挽回。

「或許對方意外地不怎麼在意呢？」

「絕對很在意啦。畢竟她看起來很清純，給人一種大小姐的感覺！」

「是同一所大學的？」

「不，大概不是。」

遠野只是打過招呼，並不清楚對方的詳細情況。不過，可以推測是市內藝術大學的學生。

「她在搬家的時候不小心把鋼琴譜掉在走廊上，我幫她撿了起來。」

換句話說，搬到遠野隔壁的似乎是個很有大小姐風範，會彈鋼琴的女孩子。

「順帶一提，嚴格來說我並沒有跟那個女孩說過話。」
「什麼意思？」
「她好像在高中時變得說不出話來，所以是用掛在脖子上的白板寫字來跟我溝通的。」
因為很合得來，遠野覺得能跟對方成為好朋友。畢竟都約好要一起吃飯了，應該是那樣沒錯吧。
「沒辦法說話肯定很不方便，記得要幫助她喔。」
「那當然嘍。」
「知道她叫什麼名字嗎？」
「知道。」
遠野比出勝利手勢說著。
「她叫橘光里！據說她有個忘不了的男人，所以才追到了京都來。真是浪漫，很棒吧！」

待續

後記

各位讀者大家好，我是作者西条陽。

非常感謝各位看了第五集。

然後，這次後記延續第四集，也拿到了四頁的分量。

由於後記每集都是這樣，就算不看也不會有影響。

感覺就是在看完正文之後隔了一段時間，有空時才突然想起，剛好拿來簡單瀏覽一下的文章。

咦？你說我又在用前言混字數？

那麼就馬上開始吧。

這次我想聊聊跟馬頭琴有關的故事。

是在那部有名的《蘇和的白馬》裡出現的樂器。

在本作中，是作為桐島的學長大道寺演奏的樂器登場。

雖然是很多年前的事了，但我曾經想過要把馬頭琴寫進小說。

當時有位編輯問我：「要不要來寫後宮小說呢？」

所謂的後宮小說就像是中國版的大奧一樣，將侍奉皇帝的女人聚集之地當作舞台，硬要說的話算是女性向風格的作品。在後宮裡，擔任主角的女孩子大多都會受到欺負，但她通常會具備了某種才藝，並運用那項才藝解決問題、收拾前來找麻煩的傢伙，並得到皇帝的青睞或寵愛，是常見的故事發展。

我從來沒有看過這類作品。

但我還是說了。

「我願意寫。」

於是我立刻開始構思架構。

我將主角設定成一個失明的女官，而這女孩演奏的樂器就是馬頭琴。

第一個場景，這女孩會在後宮裡遭受相當激烈的霸凌。然後在欺負她的人離開只剩下自己一個人時，她露出從容的表情開了口：

「好險好險，差點就動手砍人了。」

她的右手握著馬頭琴的前端，上面能夠窺見些許雪白的刀刃。

沒錯。這把馬頭琴裡藏著刀刃，那名女官是個盲眼劍士，基本上就是武林中人。她在刀刃的範圍內是最強的，能夠將飛來的箭矢全部砍斷，會基於仁義和人情保護弱小的女人和小孩。採用的是這樣的設定，在構思的時候我非常興奮。

還有幫助被強行帶進後宮的女孩逃脫，以及在國家陷入危機時暗地裡以皇帝心腹的身分戰鬥。處理事情非常果斷，異族也是由她一人鎮壓的。

當我設定好架構時，覺得這會拍成由張藝謀執導，章子怡主演的電影。但是，編輯在看完我的設定之後這麼說了：

「不是這樣的吧！」

他會這麼說也無可厚非，畢竟我寫的與其說是後宮小說，更像是《座頭市》（註：日本的盲人英雄作品）。

「不過編輯你聽我說，座頭市和馬頭琴，發音非常相近耶。」

「吵死了！」

他做出類似濱波的吐槽。於是我的馬頭琴故事雛型就這麼被收了起來。

當時，我認為馬頭琴已經不可能在我執筆的小說中出現。但是事過境遷，終於成功在本書中登場了。

當然，大道寺學長拿的馬頭琴裡也有內藏刀刃。

完全沒這回事，是普通的馬頭琴。實際上在寫這篇後記之前，作者我忘了那個馬頭琴故事雛型的設定。如果總有一天能拍成電影就好了。

那麼，因為寫得很順利，差不多該來收尾了吧。

大學生篇，就這麼開始了。

不愧是用桐島埃里希來自稱的人，桐島的新戀情在某種程度上，可說是依照埃里希·佛洛姆的著作《愛的藝術》之中的思維來立足的。

而其中登場的早坂和橘則是應該算是相反概念的「命運之女」吧。回顧高中生篇，早坂相對地比較符合埃里希的特點，橘則是屬於命運之女風格。不過仔細想想，由於她們共享了高中時期，因此無論早坂還是橘都能算是埃里希風格。但是從跟遠野的關係來看，果然兩人都算是命運之女。

我是將埃里希當成不斷累積構築的愛情，而命運之女則是充滿決定性，命運般的愛情來用。

說起我想表達什麼，就是作者我完全無法預料接下來故事會怎麼發展。

究竟會變得怎麼樣呢？

那麼接下來是謝詞！

我要向責任編輯、電擊文庫的各位、校對、美術設計以及與本書相關的所有人致上感謝。

Re岳老師，非常感謝您為遠野和宮前創造了精美的人設。每一集的插畫都是最棒的，讓我大受感動。

最後，我要向各位讀者致上深深的感謝！因為大家的支持，《備胎女友》的旅程才得以繼續，接下來我也會為了能讓各位讀者好好享受，更加努力寫作。

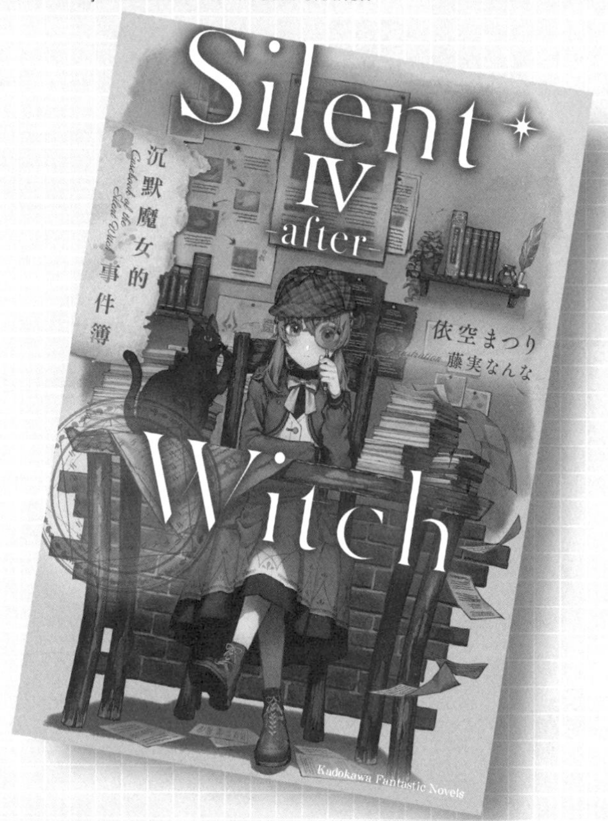

Silent Witch 1~4-after- 待續

作者：依空まつり　插畫：藤実なんな

校園發生了幾起不可思議的難解事件!?
名偵探莫妮卡與黑貓尼洛將破解謎團！

寒假前的校園發生各種不可思議的難解事件!?被當成偷吃嫌犯逮住的古蓮、在校內迷路的小女孩、來路不明火球——以及被捲入詭異魔咒的第二王子……名偵探莫妮卡與沉迷偵探小說的黑貓尼洛將逐一解析各起事件謎團！極祕任務番外篇開演！

各 **NT$220~280/HK$73~93**

國家圖書館出版品預行編目資料

我當備胎女友也沒關係。/西条陽作；九十九夜譯.
-- 初版. -- 臺北市：臺灣角川股份有限公司,
2024.03-
　冊；　公分. -- (Kadokawa fantastic novels)
譯自：わたし、二番目の彼女でいいから。
ISBN 978-626-378-654-7(第5冊：平裝)

861.57　　113000372

Kadokawa
Fantastic
Novels

我當備胎女友也沒關係。5

（原著名：わたし、二番目の彼女でいいから。5）

2024年3月18日 初版第1刷發行

作者：西 条陽
插畫：Re岳
譯者：九十九夜

發行人：台灣角川股份有限公司
總監：呂慧君
總編輯：蔡佩芬
主編：林秀儒
編輯：黎夢萍
設計指導：陳晞叡
美術設計：莊捷寧
印務：李明修（主任）、張加恩（主任）、張凱棋

發行所：台灣角川股份有限公司
地址：104台北市中山區松江路223號3樓
電話：（02）2515-3000
傳真：（02）2515-0033
網址：www.kadokawa.com.tw
劃撥帳戶：台灣角川股份有限公司
劃撥帳號：19487412
法律顧問：有澤法律事務所
製版：巨茂科技印刷有限公司
ISBN：978-626-378-654-7